永井路子の
私のかまくら道

段葛

大仏坂切通し

長谷高徳院の大仏

建長寺

荏柄天神の紅梅

鶴岡八幡宮　源平池の雪景色

明月院の紫陽花

円覚寺山門

小坪港

鶴岡八幡宮の桜

円覚寺の紅葉

海蔵寺の紅葉

滑川（東勝寺橋より）

鶴岡八幡宮。左が大銀杏

釈迦堂口切通し

稲村ヶ崎からの夕景

改訂版にあたって

――やや感傷的なまえがき――

三十年という歳月を、いま、さまざまの思いを重ねて顧みています。

「私のかまくら道」を「かまくら春秋」に連載しはじめたのは、ちょうど三十年前のことでした。四年間の連載を終えて出版されてから、思いがけず多くの方に愛読していただき、最近も「この間読みましたよ」と声をかけてくださる方もあって、かえってどぎまぎしてしまったことがあります。

もう大分前に書いたので、道のたたずまいも変っていますのに……

そう思っていたところ、版元からおすすめをうけ、編集部の方々のお力添えを得て、改訂版上梓の運びとなりました。

しかし、結果的には、訂正は明らかな私の誤認など、ごく一部に止め、初版のあとがきもそのまま入れさせていただきました。もともとこの一冊は、ガイド・ブックというよりも、風土エッセイとでもいいましょうか、鎌倉という地に私の思いを重ねたものだったからです。当時は鎌倉に住んで十年足らず、それだけに、波の音にも道端の小さな花にも驚きの眼を注いでいます。読みかえしてみて、その若い眼は、私をちょっとばかり感傷的にさせました。

四十年近く住んで、鎌倉に馴れた眼では、かえって見落してしまうかもしれない、などと思うと、いよいよ感傷的になります。そうです、ものごとには、めぐりあいのときというのがあるのです。私は、かまくら道と幸せなめぐりあいをした、といえます。

その中には、歴史もの書きとしての私なりの歴史観もちらりちらりと覗かせていますが、これは今も当時も変りません。こんな思いを懐いて、歴史小説を書き続け年老いたのだなと、これも感傷を誘います。

たしかに、あのころと比べると鎌倉は変りました。また、それだけに、この一冊はおのずと一九七〇年代の鎌倉の証言者の役割を果しているともいえそうです。往年のエッセイストたちの描いた戦前の風物が、郷愁の思いを誘うように、あと二、三十年すれば、これもありし日の鎌倉のかたみということになるかもしれません。

そう思うと、かえって現在を取りこんで混乱させるよりは……という思いが強くなりました。ただ、鎌倉を愛し、鎌倉散策の伴侶にして下さる方々のために、現状と違うところ、あまりにも風景が変貌してしまった所などについては頭注をつけることにいたしました。その当時は自由に出入りできたところが非公開になったり、立入禁止になってしまったり、いまさらながらその変化に驚いております。

その中の一つ、旧版で取りあげた「鎌倉尾根」は、現状では、いろいろの理由から散策が不可能、不適切になっていると判断し、削除しております。ご了承ください。

それぞれの「道」ごとに略図を付しましたが、実際に「かまくら道」を楽しまれたい方は、巻末の地図もご参照頂ければと存じます。鎌倉は生きていて、日ごとに変貌もしていますが、一面、自然を愛する方々のお力で、かつての風景が変りなく残されているところも案外多いのです。そこが鎌倉の魅力だと私は思っております。

平成十三年二月

永井路子

鎌倉 今昔

時とともに町は姿を変えていく。
昭和三十年代以降の鎌倉の変貌をたどる。

〈旧写真撮影・富岡畦草〉

現在の鎌倉駅で

鎌倉駅旧駅舎と筆者（昭和45年）

長谷寺参道（昭和45年）

現在の参道

金沢街道「大学前」付近（昭和31年）

現在の「大学前」付近

現在の駅西口付近

鎌倉駅西口付近（昭和36年）

目　次

つわものども追想

海の素顔

修験者の滝

写真／宮川潤一、高嶋和之、「かまくら春秋」編集部　デザイン／YUMEX

うたかたの道

鶴岡八幡宮

はじめに道ありき

私が歩いた道
鎌倉駅〜
段葛〜
鶴岡八幡宮〜
宝戒寺〜
頼朝の墓〜
荏柄天神〜
杉本寺

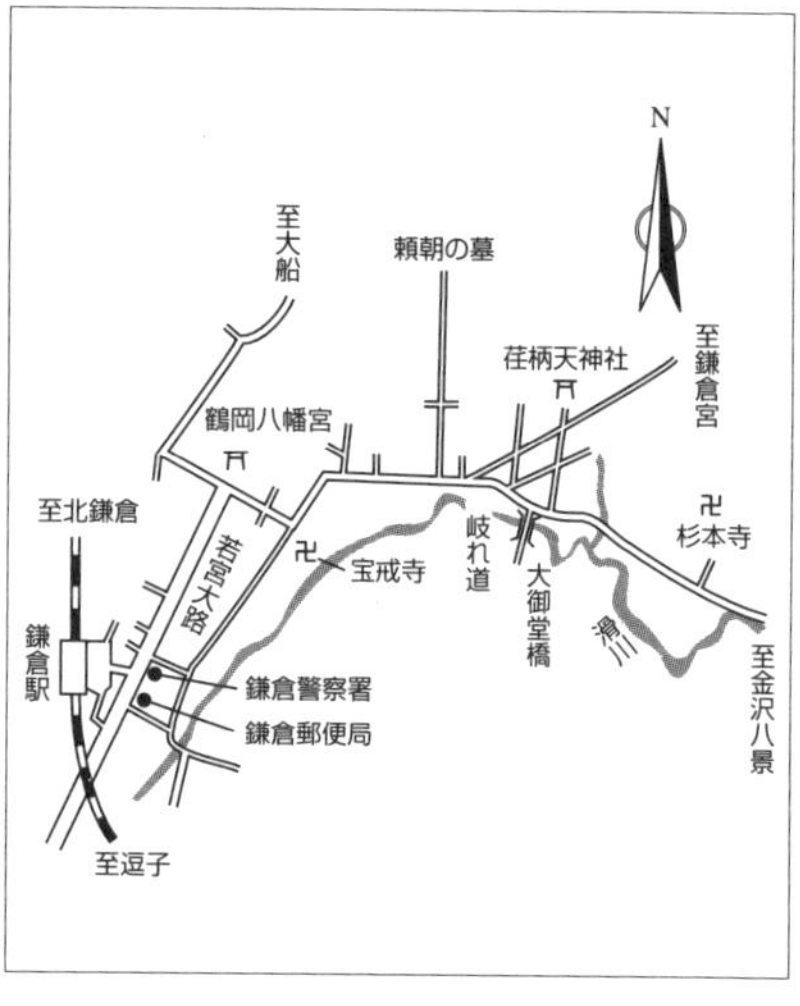

歴史の町にふさわしく、はじめて鎌倉を訪ねた方は、いやでも歴史そのものの中に踏みこんでゆくことになる。なぜなら、まず最初に歩かれるはずの道は、鎌倉の歴史のプロローグを告げる道であるからだ。まさに鎌倉は「はじめに道ありき」なのである。

鎌倉めぐりで、誰もがまず足を向けるのが鶴岡《つるがおか》八幡宮。駅の広場を突っ切って左を見ると、近くに赤い大鳥居があり、さらにその突き当たりに朱塗りの鳥居や社殿が見える。

その社殿に突き当たる広い道が、名も若宮大路である。さらに赤い鳥居のそばまで来ると、車道の真中に、一段高い参道がある。そしてこれこそ、十二世紀の終りに鎌倉入りし

段葛の桜並木

た源頼朝が、まず手始めに作らせた道なのだ。

それ以前、じつは鶴岡八幡宮は今の場所にはなかった。頼朝の先祖、八幡太郎義家が、奥州征伐の折に、護り神として、石清水八幡宮を勧請《かんじょう》したのが鎌倉との結びつきのはじまりだが、そのときはもっと海寄りの、現在元八幡《もとはちまん》と呼ばれる所にまつられた。頼朝はそれを、鎌倉で最もよい場所として現在の地を選んで移したのである。

その直後、彼はこの社へ参詣する道作りをした。当時このあたりは湿地帯だったので、歩くのに便利なように、両側に石を置き、その間の土を盛り上げたのだ。この道は「段葛《だんかずら》」と呼ばれている。ふつう少し高いところの周囲を縁どりする石をかつら石と言うので、石で縁どりした段ということなのである。一名置石《おきいし》とも言い、このほうがわかりやすいが、鎌倉では「段葛」が通称になっている。

「あの段葛の脇の××屋さん」

などという具合にである。そんなふうに古い言葉がなにげなく生きて使われているということは考えてみれば楽しいことだ。

この道、じつは曰《いわ》くがある。ちょうど頼朝の妻、政子がみごもっていたので、その安産を祈って作ったのだという。彼らにはまだ男の子が生れていなかったから、心の中に、

「ぜひとも男の子を……」

という祈りをこめてのことであろう。念願叶って生れた男の子頼家だが、後に彼と政子が骨肉相食む争いをくりひろげることを思えば、宿命を物語る歴史の道でもある。

さて、この段葛を含めた若宮大路だが、これは鎌倉のメインストリート。都の朱雀《すざく》大路に匹敵しよう。ここには天皇がいないから、内裏のかわりに八幡さまを据えたのである。かなり意欲的な町造りの第一歩だが、それが後世の歴史めぐりの起点にもなるところがおもしろい。

さて中央の八幡宮はもう説明の必要はないだろう。鎌倉時代、将軍は度々ここに詣でた。頼朝と弟の義経が対立し、義経の愛妾、静御前が捕えられて鎌倉に下ったとき、舞を舞わされたのもこの社殿においてだった。もっとも舞を舞った場所はいま舞殿などと呼ばれている所とは違う。社殿じたいが江戸期のものなので、昔とは位置も変わっているのである。が、社殿の移り変わりはあったにせよ、ここが鎌倉の、いや関東の精神のよりどころであったことには変わりはない。戦国時代、越後の上杉謙信もやって来たし、関東入りした秀吉や家康も詣でている。八幡宮は彼ら権力者の盛衰を黙って見つめ続けてきたわけだ。

八幡宮の境内に入らず右に曲ると突き当りにあるのが宝戒寺《ほうかいじ》。最近この寺は花がめっきりふえた。とりわけ秋の白萩がすばらしい。ほろほろとその白い花が散りこぼれるとき、

昔の人が、露と萩をとりあわせて歌に詠んだことがなるほどとうなずかれる。まさに露かと思えば花、花かと思えば露なのである。

美しい花の寺だが、ここに刻まれた歴史の意味は大きい。日本の歴史を左右する政策決定も行われたし、時には権謀の府となってさまざまな陰謀もたくらまれた。そして鎌倉末に、新田義貞によって鎌倉攻めが行われたとき、ここから裏山にかけての一帯が北条氏の最後の砦となった。

今は廃寺となってしまったが、宝戒寺の裏手、滑川《なめりがわ》を渡った所に東勝寺という寺があった。ここは寺であり、かつ、詰《つめ》の城だったらしく、最後に北条氏一族はここで切腹し火をかけて死んでいった。最近このあたりが発掘され、火災の跡も確認されている。

そうしてすべてが滅んだ後、敵側だった後醍醐天皇の勅願によって足利尊氏が建てたのがこの宝戒寺なのである。

宝戒寺を出て横浜国大附属小学校前へ。

このあたりも三浦や畠山などの豪族の屋敷あとだが、すっかり変貌してしまったし、大通りは車に気をとられておちつけないので、小路をぬけて頼朝の墓へ。その付近（現在の清泉女学院の一帯）が昔頼朝のいた大蔵幕府址で、頼朝の墓は一番奥まった一角にある。墓の石はよせあつめで、昔をしのぶというわけにはいかないが、ともあれこのあたりは、彼が生前から好んで籠って祈念をこめた法華堂の跡である。

宝戒寺

この墓を整備したのは幕末になってからだ。反幕府の意気にもえる薩摩の島津藩が頼朝こそわが先祖とばかりその墓を改修したのだ。というのは島津は頼朝のかくし子の血をひくという言いつたえがあるからだ。

ところで徳川も源氏を名乗っているが、頼朝直系ではなく、新田氏の分れだと称している。

――それから見ればわが家の方がずっと血筋はいい。

ということを示すために島津ではわざわざ人を派遣してこの地に墓を整備した。だから墓の前の線香立てにはちゃんと㊉の島津の紋が入っているし、墓前には大きな石碑も立ててある。

ところでこれに負けじと立ち上ったのが長州藩だ。彼らの家は大江広元の子孫ということになっているので、薩摩に対抗上、広元の墓を（といってこれももちろんほんものではないが）探して整備した。

が、ほんとうのことを言うと島津は頼朝の庶子の子孫ではない。もちろん徳川が新田一族を祖とするのもデッチあげだ。が、彼らにとって、史実などはどうでもよかったのだ。大事なのは政治的デモンストレーションだ。歴史というものを後世がどんな使い方をするか、その見本を二つの墓はしめしている。もっとも彼らの強引さを笑うことはできない。歴史というものは常にそういう使われ方をする。戦前は特にそれがひどかったし、あるいは現代でもそうかもしれない。

我らにとって歴史とは何か——そのことを考えるためにも、この二つの墓を訪ねるのは意義のないこととは言えない。

さて、ここから表通りを通らずに荏柄《えがら》天神へ。歩き疲れた人にとって、荏柄天神は格好の休み場である。小高い境内にはほとんど人がいない。このお社は頼朝以前——いわば鎌倉の先住民族。天神サマはすなわち菅原道真だから文の神さまだ。文化都市鎌倉では、もっと敬意を表してもいい神さまである。

ここでは何といってもすばらしいのは、大いちょうだ。幹にもたれて風に頬をなぶらせる。ごつごつした木の肌が陽のぬくもりを含んで、思いのほか温かい。*

もしさらに鎌倉の先住民をたずねられるのなら、この先に足をのばして、杉本寺まで行かれるとよい。

平安朝の十一面観音は、鎌倉では、最も古いもののひとつ。優雅でなおかつ、平安仏にしては勁《つよ》い表情である。好みからいえば私はもう一体の簡略な彫り方をした観音様が好きである。とぼけた風貌が何ともいえない。

たくまざる美というべきであろうか。

*現在、大いちょうは柵で囲まれている。

うたかたの道

私が歩いた道
荏柄天神～鎌倉宮～永福寺址～瑞泉寺～覚園寺

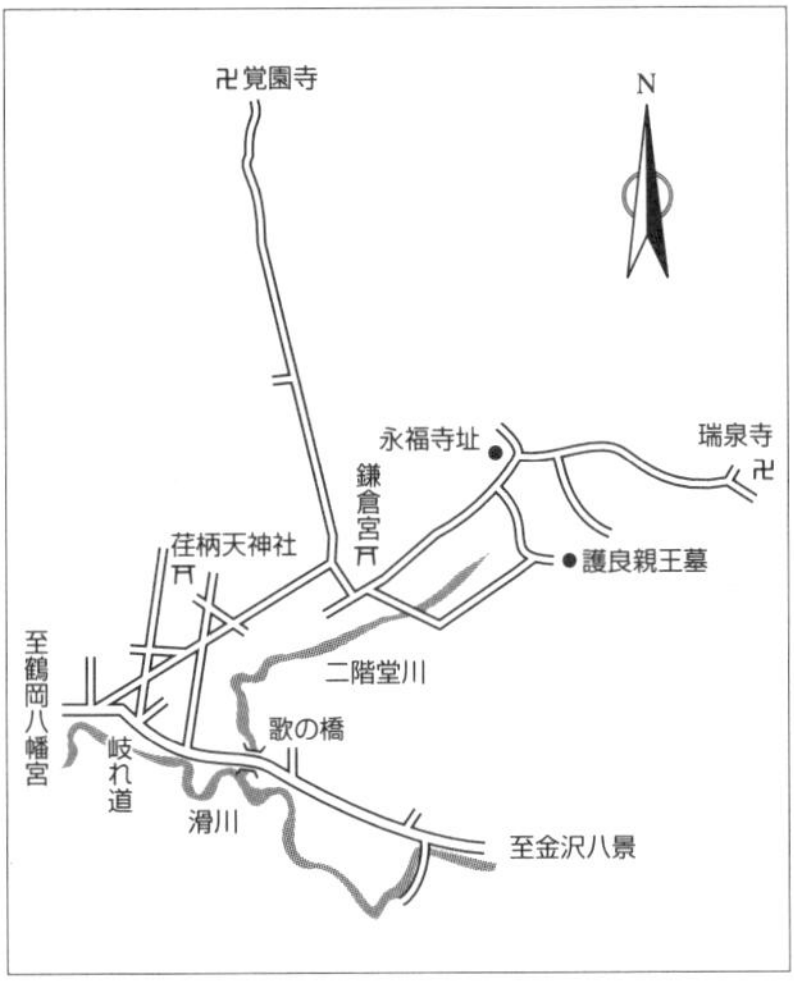

荏《え》柄《がら》天神までの道は、鎌倉めぐりの初級コースだ。そのあたりで足がつかれてしまえばやむをえないが、じつはその先に、最も古都鎌倉らしい見どころが続いている。それにはまず荏柄天神の表道を出て左折し、鎌倉宮まで行くことだ。

鎌倉宮は、明治になってから作られた神社だが、ある年代以上の方には、耳なれたところであろう。鎌倉時代末、幕府打倒に活躍した護良《もりよし》親王が、のちにここに幽閉され、足利氏によって殺されたとされているからだ。戦前は、これが「逆臣尊氏」を批難する有力な理由の一つとされたが、しかし、この問題には当時の複雑な政情がからんでいる。後醍醐、尊氏、護良のそれぞれのヴィジョンの違いから、まず護良が脱落したわけであって、後醍醐も内心彼を遠ざけたがっていたし、護良が恨んでいたのも、尊氏よりも、むしろ父後醍醐だったという説もある。

いってみれば変革期に必ず起る相剋図の一つなのだが、それを明治の歴史教育は、護良親王を悲運の皇子に、尊氏を逆臣に仕立てあげた。私はここに来るとあのころの歴史教育の呪縛を思いだす。そしてあのままの路線が続いていたら、とぞっとする。

ちなみに、護良はここで洞穴に閉じこめられていたというが、それも真実ではない。『太平記』には「籠の御所を構へ」とある。これはむしろ土蔵造りのような部屋に入れたと解すべきである。

が、最近はこうしたこととは別の面で、ここは脚光を浴びてきた。＊毎年九月に行われる薪能が大変人気を呼ぶようになったのだ。夕闇の中に焚きあげられる篝火の中に、中世の芸能の世界が再現される。光と闇がいかに幻想の美を創り出すか、一度見た方は不思議な感動にひきずりこまれずにはいられないようだ。

この鎌倉宮に向って右に道をとれば右側に理智光寺《りちこうじ》址がある。美しい階段を上った所に護良親王の墓がある。少し戻って左側を見ると永福寺《ようふくじ》址の説明板が立っている。永福寺は奥州藤原氏を降した後に頼朝の建てた寺だ。この合戦のとき、みずから平泉に出かけた頼朝は、有名な金色堂のある中尊寺《ちゅうそんじ》や毛越寺《もうつじ》などの壮麗な堂塔伽藍に舌を巻いた。中でも彼の心を捉えたのは、二階造りの大長寿院であった。

＊薪能は現在、毎年十月八、九の両日、行われている。問い合わせは、鎌倉市観光協会（☎〇四六七―二三―三〇五〇）へ。

瑞泉寺の庭園

鎌倉に帰った後に、頼朝はこの合戦に命を落した人々の冥福を祈って永福寺を建てたが、これが大長寿院を手本とした二階建てのものだった。鎌倉が滅びた後、寺はやがて廃絶に帰したが、このあたり一帯の地名を二階堂と呼ぶのはそのかたみである。

その先を右に曲った谷の奥、梅の寺、瑞泉寺《ずいせんじ》はあまりにも有名になってしまった。日頃自然から遠ざかってしまった現代人が、この寺の花に魅かれるのは自然のことだが、公園代りにぶらぶら歩きをするだけでなく、奥の庭の景観にも目をとめてほしい。

庭といえば木々の緑にかこまれたものという常識を全く打ち破った岩と水だけの庭の姿がここにはある。この庭を造ったのは、京都の天龍寺や苔寺の庭を造った夢窓国師《むそうこくし》。岩の多い鎌倉のマテリアルをそのまま生かした美意識は、現代の感覚にも通じるものがありはしないか。夢窓という人は禅僧としては政治的才能がありすぎる人物だが、作庭感覚に限っていえば、美の創造者として抜群の人だといえそうだ。

鎌倉宮までもどって、今度は向って左の奥に行くと覚園寺《かくおんじ》である。まず鎌倉随一の幽邃かつ森厳なたたずまいを見せるこの寺域は、空気までが違う。それは寺としてのあり方をきびしく守ろうとされる、御住職*の努力によるものだ。これは御住職個人の好みではない。この寺の教える律《りつ》の教えが、そもそも戒律を守ることを中心にしたものだからだ。

人間は勝手なことをしたがるものだ。とりわけ現世であれば、なおのこと本能のままに欲望を追って憚らない。が、律という教えは、人間の存在をつきつめ、その根元に戒律をおいた。本能のままに生きることは犬猫にもできる。人間だからこそ本能を抑え欲望を抑えることができるのだ。何も優等生になろうとか人にほめられようということで守るのではない。人間の尊厳のために、叡智のために、存在の根元を厳しく問うために守るのだ。

この律宗の問題提起は現代にも生きている。もしこの寺を訪ねるのだったら、そのことを考え、また御住職にも問いかけていただきたい。ただ緑の美しさに感嘆して帰ってしまうには、余りにも惜しい寺である。

戦後まもなくこの寺をはじめて訪れた時のことが私には忘れられない。寒々とした本堂で御住職は、何時間も宗教や、戦争や、人間について熱っぽく語られた。私は時の経つのも忘れた。その間誰ひとり寺を訪ねる人もなかった。薬師堂の三尊のすばらしさも含めて鎌倉を再認識したのは、このとき以来である。御住職の姿勢はそのころとちっとも変っておられない。

＊文中に登場する住職は故大森順雄師。現在の住職は仲田昌弘師。寺を守る姿勢は今も受け継がれている。

春寒の小径

私が歩いた道
大御堂橋〜報国寺〜宅間谷〜浄妙寺〜明王院〜光触寺

鎌倉を歩く――ときめたらバスの道を歩いてはいけない。大きな通りに平行して、必ずひっそりした道がある。たとえば鶴岡《つるがおか》八幡宮の東の方へのびる金沢街道はひっきりなしに車が通るが、ちょっとその通りを避ければ、二人で肩を並べて歩くのにふさわしい道がたくさんある。が、横浜国大前*バス停から少しの間は、大通りをがまんして歩こう。それから十二《じゅうに》所《そう》の方へ向けて少し進むと、右手に曲る道があり、すぐ小さな橋に行き当る。ごく短いが、これが大御堂橋《おおみどうばし》であり、この南に開けた谷戸こそ、源氏ゆかりの古い歴史を持つ土地なのである。

*現在は「大学前」。

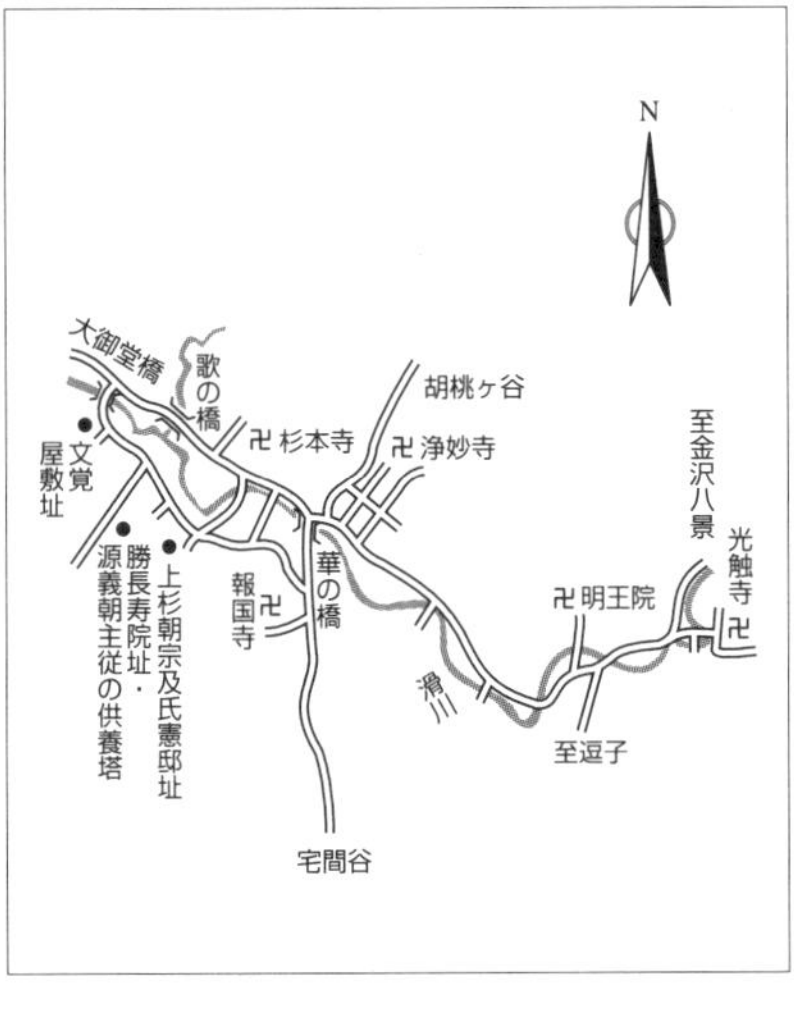

文治元年四月、平家が壇ノ浦でほろんだという知らせが鎌倉に到着した記念すべき日、この大御堂谷では厳かな立柱式が行われていた。平家によって非業の死をとげた父義朝のために、頼朝が寺を建て始めていたのである。

この寺は正式には勝長寿院《しょうちょうじゅいん》、その場所が御所の南にあるところから南御堂《みなみのみどう》とも大御堂とも呼ばれ、今もそれが地名となって残っている。寺ができると、その年の八月、文覚《もんがく》上人の弟子が、都から義朝の遺骨をもってきた。義朝は都で梟首にされているから、それを探し出してきたというわけなのだが、この文覚という坊さんもなかなかのヤマ師だから、本当の骨かどうかはわからない。梟首されたドクロの中から適当なのを選んで、もったいぶって持ってきたのかもしれない。こうして八幡宮は源氏の守り神の社として、勝長寿院は源氏の菩提をとむらう寺として、鎌倉を支える精神的支柱となるのである。が、八幡宮は、今でも鎌倉のシンボルのような存在になっているのに、勝長寿院は跡かたもない。その運命の明暗を見極めるためにも一度は行ってみてよい所である。

ところで大御堂橋をわたった右手、滑川《なめりがわ》ぞいに文覚屋敷址の碑が立っている。このあたりは滑川が曲りくねっていて、なかなかよい眺めだったはずだが、水量は少ないし、水は汚れているし、岸の岩肌に露出した木の根にポリ袋がひっかかったりしていて興ざめである。そればかりではない、暫く来ないうちに、あたりの様子がすっかり変わってしまった。谷戸も奥の方まで家が建っている。

勝長寿院址の碑が立っている所まで来てみて驚いた。義朝の墓の矢印＊はあるが墓はなく、また新しく土を運んでいる。住宅地を造ろうというのだろうか。近くの方に伺ったら墓石は数年前、宝戒寺に移したとのことだったが、宝戒寺には墓石もなく、そういう言いつたえもないそうである。義朝の墓がなければ、勝長寿院が彼のために造られたという意味はわからなくなってしまう。当時この寺では諸霊供養の万灯会《まんどうえ》が行われてもいるし、また実朝がここの桜をよんだ歌がある。

行きて見むと思ひし程に散りにけり
あやなの花や風たたぬまに

その実朝が公暁に斬られたあと首なしの屍体を埋めたのもこの近くだし、母の北条政子の骨もこのへんに埋められているはずである。

さて、この大御堂谷からバス通りに並行して報国寺《ほうこくじ》へ向う細い道がある。静かな住宅地の垣根からは春先には名残りの梅や紅椿がのぞいていて、時折、鳥の声もきこえる。そぞろ歩きには好適な道である。左側に杉本寺の裏山(杉本城址)や浄妙寺の屋根が見えてきた。大通りから見るよりも、かえって山の姿がはっきり捉えられる。それらの山肌の四季折々の眺めは楽しい。早春のころ、裸木の枝に、薄紅い色が差しはじめて山全体が煙ったようにみえるのもいいし、やがて山桜が咲き、緑の中に白い花を浮かびあがらせるのもいい。

＊矢印に当たるものは、現在ない。

報国寺竹の庭

竹の庭を作って有名になった報国寺は今日も庭を訪れる人が絶えないようだ。気をつけて見ていると、ずいぶん若い人が多くなった。

報国寺の門の左側の奥は、いわゆる宅間谷である。道の左側を見上げると切り立った岩壁にやぐらが刻みこまれている。

このあたりの住宅地は、ひときわ静かである。

しばらく行くと、今度は道の右側に、複雑なえぐられ方をした岩角がみえてきた。そのまわりには、新築中の家があったりして、まったく何気ない風景の中に組みこまれてしまっているが、考えてみれば、奇異なことである。ほかの町だったら、こんな無愛想な崖が、町の生活の中に同居しているということはめったにない。古寺めぐりもいいが、こうした何気ない道を歩けることも鎌倉の魅力の一つなのだ。

一度大通りに戻って右へ曲ると、まもなく左手に浄妙寺がある。鎌倉五山の一つだが、からりと本堂前の庭の明るい、のどかな寺だ。ここからなるべく表通りに出ないように山裾の道を歩いてゆくのも悪くない。行きどまりかな、と時折り心配になるが、けっこう道は通じて、いつの間にか明王院までいってしまったことがある。この浄妙寺から明王院《みょうおういん》までは、鎌倉時代が終った後、室町時代になってから、歴史の主要舞台になった。室町幕府の関東出張所ともいうべき鎌倉御所がここにあったからだ。ここでもすさまじい政争、ときには実力行使が繰返されたが、現在の明るい住宅地からは、その昔をしのぶべくもない。

明王院

明王院は、鎌倉のお寺の中でも最も小さいものの一つだろう。が、その小ささが実にいい。竹藪を背負った藁葺き屋根のちんまりとしたお堂と、これにふさわしい門前の小さな桜並木。境内の梅を見ながら縁に腰をかけてひとやすみしたこともあった。ここまで来ると、鎌倉の町はずれの感じになる。昔はこのあたりは十二所村と言ったらしい。その名残の藁葺屋根が、ついこの間まであちこちに見られたが、それも次第に姿を消しつつある。そういえば今見て来た浄妙寺も、明王院の先にある光触寺《こうそくじ》も少し前までは、藁屋根だった。

光触寺は明王院から大通りに出て十二所のバス停を右に入った所にある。ここは時宗《じしゅう》――踊《おどり》念仏をとなえて民衆の信仰の先導者となった一遍上人――の系統の寺だ。ころは鎌倉中期、蒙古襲来などがあって、中世社会が揺れはじめた時である。一遍が時の権力者に向ってではなく、民衆に向って念仏を説いたことの意味は大きい。鎌倉は武家の府であったために、権力と結びついた寺は多いし、どうしてもその面が強調されてしまうが、いまひとつ民衆のための宗教運動も行われていたことを考えるべきだ。日本人が真剣に魂の問題を考え、それが庶民レベルまでしみこんだという意味で、最も宗教的だったのはこの時代だったのではないか。
この一遍上人の宗教運動の残した文化遺産として、頬焼阿弥陀《ほおやきあみだ》とよばれる阿弥陀三尊とその縁起を伝える絵巻がある。*(この絵巻はもともとこの寺が所蔵していたものではないそうだが)
光触寺まで来ると、鎌倉の東部を廻る旅も終りに近い。朝比奈旧道や滑川の源流をたずねるコースは別項として紹介したい。

*「頬焼阿弥陀縁起」は鎌倉国宝館に寄託されている。阿弥陀三尊は一般公開されていない。

朝比奈峠を行く

私が歩いた道
十二所神社〜
太刀洗の水〜
三郎の滝〜
朝比奈峠

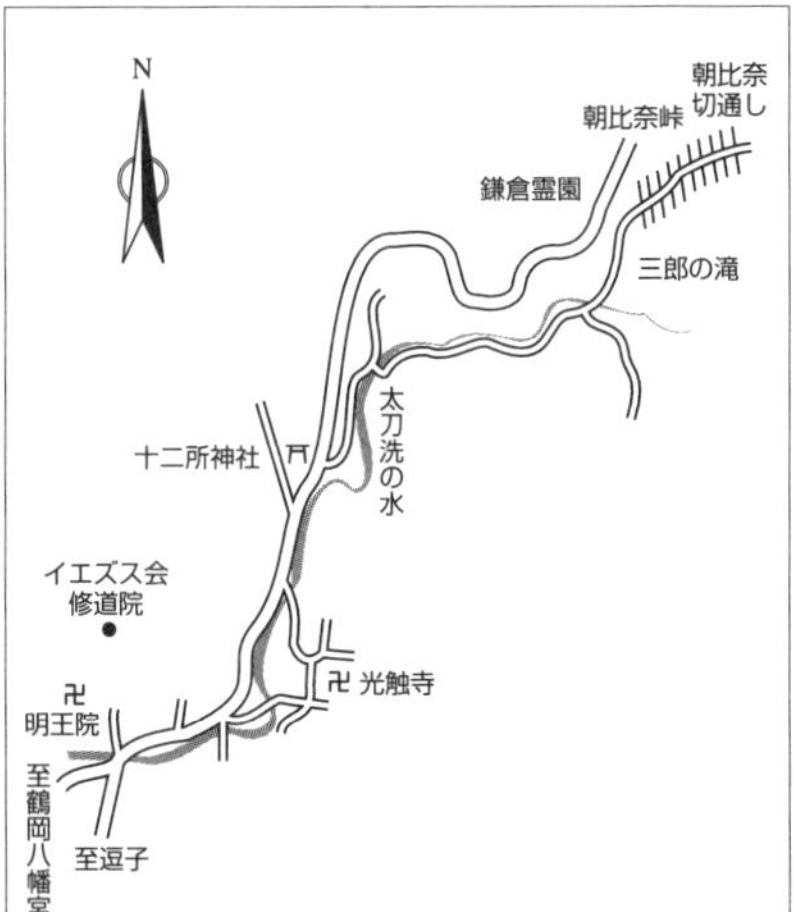

三方を山にかこまれた鎌倉は、どこから入るにしても山越えをしなければならない。車が通るようになってからは道が掘り下げられ、昔のおもかげを失ってしまったところが多いが、なかで朝比奈の旧道は比較的昔の雰囲気を残している。

この道は十二所《じゅうにそう》神社の近くで現在のバス道の右手に入ってゆく。私のたずねたのは、いささか季節はずれの二月の末だった。

木の芽どきを前にして、幾分紫色に煙りはじめた木の枝、冬に堪えてきた杉や山椿のくすんだ緑。岩肌にすがるしだがひどく不景気な色をしているのも、まず我慢しよう。お気の毒ながら、彼らには交替の時期が近づいているのだ。今度来るときには、みずみずしい青緑の葉にお目にかかれるだろうから。

やがていくと太刀洗の水。梶原景時が上総広常《かずさひろつね》を討ったあとで太刀を洗ったという所である。伝説だとは思っても、以前梶原景時を書くときにここまで来たのを思いだす。

上総広常という人物、当時指折りの大豪族で、頼朝のいうこともなかなかきかなかった。景時が彼を殺したのは、当時侍所の所司——御家人を監督する役目だったから、統制の必要上、やったのであろう。

もちろんそのときこの水で太刀を洗ったかどうかはわからない。この辺に広常の邸があったことと、水のよくない鎌倉にしては珍しい湧水とが結びついてできた伝説とみるべきではないだろうか。

ところが、この名水に私はだいぶ苦労させられた。四、五十メートルの間、水のおかげで道はぐちゃぐちゃ、登るまでにブーツを泥ンこにしてしまった。

が、この悪路もちょっとのこと、これを通りすぎると、人の気配のない山道の静かさは格別である。

太刀洗の水からしばらく行くと、三郎の滝というのがある。この道は、鎌倉時代に、朝比奈（朝夷奈とも書く）三郎という大力無双の武士が、一夜で作ったという言い伝えがあり、それに因んだ三郎の滝なのである。日頃は水が枯れていて、ほとんど気づかないが、たまたま雨の降った翌日などに行くと、こんなすばらしい滝があったのか、と眼を見張る

十二所神社

くらい勢いのいい滝の姿が見られる。水道の水ばかり見馴れている眼には、奔放な水のいのちが、何ともさわやかだ。もちろん、朝比奈三郎の道作りは伝説にすぎないのだが、この滝の姿には、若々しい、豪快な鎌倉武士を思わせるものがある。

ゆっくり歩く私をからかうように、アオジが数羽道をかすめるようにして飛ぶ。いそがしく首をふりながら飛んでは止まり、飛んでは止まりするごとに、ちらっちらっと白い尾羽根がのぞく。

岩肌をむき出したところには、鎌倉特有のやぐらが見える。ふと立ちどまると真上の空が蒼い。風が鳴る。去年のすすきが乾いた音をたてる。耳をすませると水のせせらぎもきこえる。この道は、こんな音に耳を傾けながら歩く――というよりも、立ちどまって楽しむ道なのかもしれない。

が、江戸時代までは、この道は、そんなふうに楽しんで歩くための道ではなかった。横浜の六浦あたりと鎌倉とを結ぶ経済ルートで、塩やそのほかの物資がここを経由して鎌倉に送られたらしい。

さきに朝比奈三郎の伝説を紹介したが、じつはこの道を開いたのは北条泰時である。自ら石を運び土を運んでこの道を作ったともいう。北条氏の勢力を充実させるために、この道路の持つ意義がいかに大きかったかを物語るエピソードだといえるだろう。

江戸時代になると、この道の性格が少し変ってきた。品川から舟に乗って横浜に上り、そこからこの峠を通って鎌倉へ、そして八幡さま＊から江の島へという行楽客の往き来がふえたのだ。今のハイキングのはしりであろう。そのせいかよく気をつけてみると、文化・安政などの年号の入った道路修理のための供養塔が目につく。

今は鎌倉から横浜に向けて歩いたが、もし江戸時代のように逆方向に歩いたとするならば、平地しか知らない江戸ッ子には、この峠越えがもの珍しかったろうし、また、峠を越えた鎌倉の地は、まさしく別天地の感があったであろう。今より不便な旅だったが、それだけに辿りついたときの喜び、心のはずみは大きかったはずだ。どうも便利さと旅の楽しみとは別のものらしい。

人間にとって旅とは何か。

大げさにいえば、そんなことを考えさせる峠道である。

＊鶴岡八幡宮のこと。

歴史の生証人

私が歩いた道
鎌倉駅〜十二所神社バス停〜番場ヶ谷

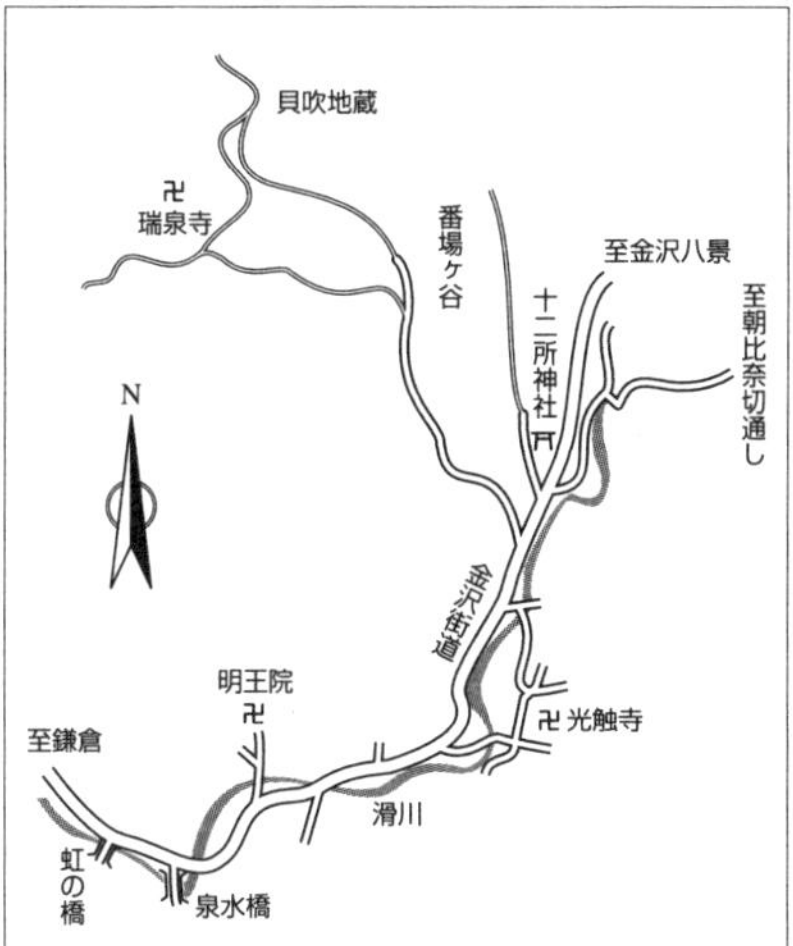

冬晴れのその日、風は冷たかったが、空は冴えた群青色であった。

鎌倉の背後の丘陵あたりから流れて材木座と由比ヶ浜の間で海に注ぐ滑川《なめりがわ》は、鎌倉の歴史の中ではおなじみの川である。

もちろん姿は変わっているだろうが、『吾妻鏡』の中にもしばしば登場するこの川は、その意味では歴史の生証人でもある。

この滑川の源をたずねるのだったら冬だ、と言った人があった。夏は草がのびてしまって道がわからないから、というのである。

十二所《じゅうにそう》神社の少し手前左側の、川ぞいの道から入る。そのあたりは家も建ち並んでいて、護岸工事もされている。

その家の一番奥に、近くの方の手づくりらしい立札*があった。

「番場ヶ谷を経てお塔やぐらへ」

という文字も、半ば消えている。

（このあたりで道を左手にとれば、瑞泉寺の裏から天園コースに出るが、この日はちょっと冒険をして右側の道を歩いてみた）

道は急に狭くなった。右手には、海蝕の跡を見せる岩肌が切りたち、左手は木立に蔽われた丘陵――その間のわずかな平地は、いま枯葉に蔽われている。ここまで来ると、急に陽ざしがやさしくなった。風も届かない。すっぽりと暖かい静寂に蔽われた小世界である。

滑川は、右手の岩肌の下をえぐるようにして流れている。道が曲りくねって陽かげになると、上からせり出している岩の角に、太いつららが何本も下っていた。こんな風景は今はなかなかお目にかかれなくなってしまった、と、岩壁を見あげるうちに、おや、と思わず眼をこらした。

「岩肌を虫が這っている！」

すばやい蠅とか、蜘蛛の一種が、ツツツーと、つたい歩きをしているように見えたのだが、よく見たら、やはりまちがいだった。岩肌をつたう水が寒さで一面に凍りついていたのだが、陽がさしてきて、少しずつ溶け始め、水滴となって氷と岩肌の間の狭い空間を

*現在、立札はなく、さらに家並みが続いている。途中、左手に「瑞泉寺・天園へ」の道標があり、車両は通行止めになる。右手を流れる川の向こうの山肌に「市指定番場ケ谷やぐら群」の標柱が立っている。

番場ヶ谷のやぐら

さがし求めてすべり落ちているのだった。岩と氷の間の、ごく狭いところを通るので、まっすぐ下には流れない。それがいかにも虫が這っているように見えたのだ。

水のいのちのはじまり——

そんなものを発見しただけでも楽しい散歩だった。滑川も急に浅くなって、透明な流れになっている。自然に押し出されてきた川砂の作る波型の模様が陽に透けて美しい。小さなせせらぎの下で光を乱反射させているのは小石の群だろうか。透明な水のきらめきは、人工の宝石のどの輝きも及ばない。やがて、丸木を四本、無雑作にしばった橋があらわれた。おまけにところどころ朽ちているので、おそるおそる渡る。あたりの木立ちも深くなってきた。このあたりを番場ヶ谷というらしい。しばらくいくと、もう一個所こういう橋がある。*

道は流れのすぐそばにあるかと思うと、時々急な上り坂になる。見下すと、下の方で、流れは、石の上をしぶきを上げて走ったり、ゆったりした澱みを作ったりしている。このへんまで来ると、ただ静寂——人工の塵にまみれていないせいか、しだの緑がじつに鮮やかだ。冬のさなかに、若々しい緑を保って揺れているもの、わずかな空の色を吸ってか、青味を帯びて光るもの……道のほとりには、常緑樹の実がこぼれて自然に生えたらしい稚い木たちが、生命を主張するように、けなげに二枚の葉をひろげている。

しばらくいくと、突然右手が明るくなり、造成地らしい斜面が見えてきた。

「おや、おや、やっぱり」

まだ人が住んでいる気配はなかったが、太い土管が顔を出しているところを見ると、鎌倉の自然を最もよく残していると思われたこのあたりも、すでに人工の手が入ってきたようだ。

その少し先で、私達は道を失った。気がつくと、それまであった鎌倉市のマークの入ったコンクリートの杭も消えている。が、どうせ来たのだからと、流れを渡ったり、流れのそばの斜面にへばりつくようにして上流へ上流へと溯った。そのうちいよいよ道らしいものがなくなった。これ以上はとても無理と、源流探検はひとまず打切った。健脚の方がしっかり足ごしらえをなされればもっと上流までいくのも可能だが、ふつうの方なら、まず鎌倉市の道標のあたりで引返された方が無難であろう。*

ここまで来ると、樹々はあたかも人を拒むようにそっけなく立ちはだかっている。私はなにやら魔界に入りこんだような薄気味の悪さを感じた。地図でみればほんのひとすじの林にすぎないのだろうが、鎌倉の周囲には、こんな所もまだ残っているのだ。

*（P43）現在ある橋は一個所のみ。

*現在の道は、当時とは変化している。しかし、そのまま辿っていくと貝吹地蔵に出て、天園・瑞泉寺のハイキングコースと交わる。

謀叛と執念の道

私が歩いた道
杉本寺～
犬懸橋～
上杉朝宗及氏憲邸址～
釈迦堂口トンネル

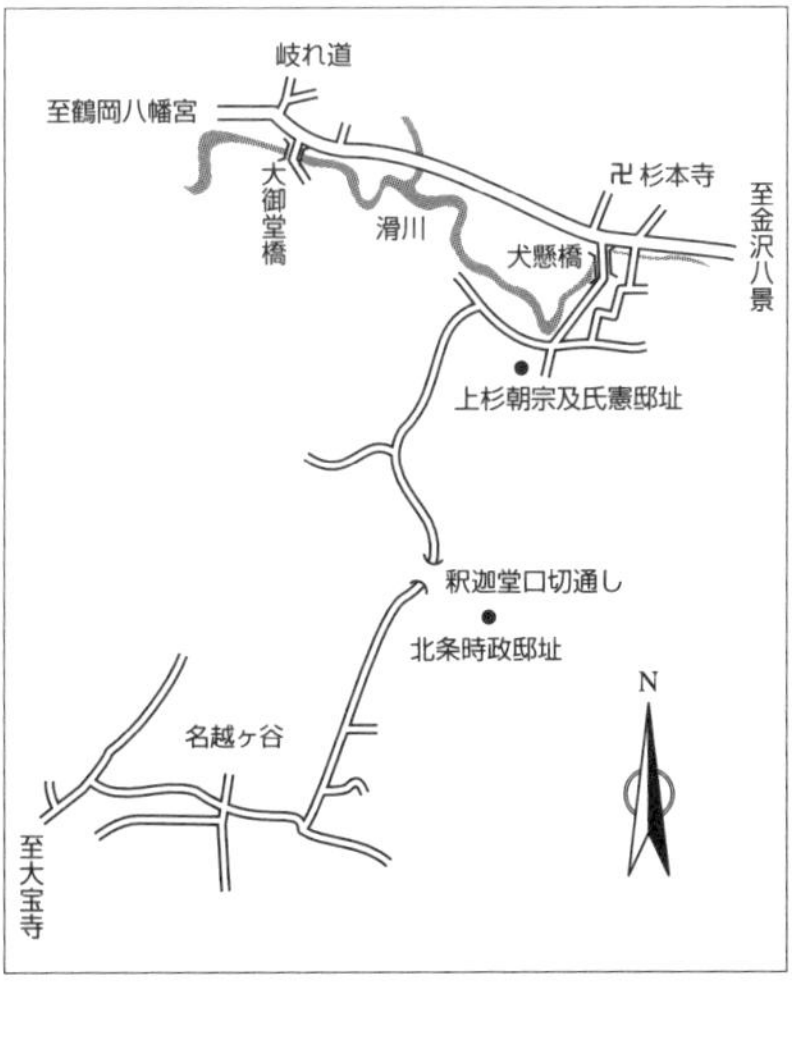

鎌倉に引越したのは昭和三十七年、ちょうど旧作「炎環」の最後の部分を書いているときだった。もともと鎌倉は好きで東京にいるころから度々遊びには来ていたが、鎌倉を舞台にしたこの作品を書くためには、たいへんタイミングのよい引越しであったかも知れない。

そのころ書いていたのは「炎環」の第四部にあたる「覇樹」の部分で、北条義時が主人公だったから、比企の乱（一二〇三）とか和田の乱（一二一三）とか、鎌倉を舞台にした戦いがいくつか出てくるので、しぜん鎌倉の町をあちこち歩くことになった。いま書こうとしている釈迦堂口《しゃかどうぐち》トンネルの道も、その時にみつけ出した散歩道なのである。

それについては、ちょっと比企の乱のことにふれなければならない。

建仁三年八月、二代将軍頼家の病気が重くなり、ほとんど危篤状態に陥った。ここで当然問題になるのは、あとつぎを誰にするかということであった。

候補者は二人あった。頼家と比企能員《ひきよしかず》の娘、若狭局《わかさのつぼね》との間に生れた一幡《いちまん》と、頼家の弟の千幡《せんまん》がそれである。これについて『吾妻鏡』はこう書いている。

この二人について、将軍職にともなう権利を二分して与えようという意見が持ちあがったが、一幡の外祖父にあたる比企能員はこれを承知せず、ひそかに頼家の病床に赴いて、千幡とその後援者である北条氏を殺してしまおうと密議をこらしていた。と、そこへ頼家の母の政子がやってきて、二人の相談を盗み聞きしてしまった。

驚いた政子は、父の北条時政に事情を知らせようとしたが、あいにく時政は御所から家に帰ったあとだったので、大急ぎで侍女に後を追いかけさせた。侍女は荏柄天神《えがらてんじん》のあたりで時政に追いついた。

話を聞いた時政は、暫く迷っていたが、従っていた仁田忠常に、

「比企討つべし」

と言われて決心を固め、大江広元とも相談の上、名越《なごえ》の自宅に帰って、ここに比企能員をおびきよせて虐殺し、時をおかず比企ヶ谷の能員の館（現在の妙本寺）に押しよせて火を放って、比企の息子や、頼家の側室、その子の一幡などを皆殺しにしてしまった。時をおかずに都に飛ばされた使者は、頼家の弟、千幡（のちの実朝）を将軍にする辞令を取り

杉本寺

つけて帰ってくる。

以上がそのあらましだが、『吾妻鏡』は北条氏の立場で書かれたものだから、そっくりそのまま信用はできない。このまま読めば、比企能員が最初に陰謀を企んだように思えるが、私の感じでは、これは始めから北条方で計画したクーデターらしいのである。

たとえば、政子が能員の陰謀を立聞きしたというのも、どうも怪しい。当時彼女は、頼家とは別に小御所《こごしょ》と呼ばれる所に住んでいたようだから、将軍の病を母親が見舞に行くとなれば、誰にも気づかれずにそっと行ったりはできない。まして裏長屋のようにこっそり立聞きなどはできないはずなのだ。

だから、私は自分の小説の中では、この場面は使わなかった。が、それにしても、クーデターを計画することは、時政としても容易なことではなかったに違いないし、その決行までには何度か迷い、ためらいながら、御所と館の間を往きつ戻りつしたことであろう。

では、その道——クーデターを思いながら歩んだ道はどこだったろう。『吾妻鏡』を信用するとすれば、御所（現在の清泉女学院）あたり―荏柄天神―名越ということになる。

そう思って、私はその辺を歩いてみた。まだ鎌倉へ越して間もないころで、杉本観音あたりまでは知っていたが、その先はよくわからなかったので、ためしに杉本寺の少し先で滑川を渡って右の方へ行ってみた。

やや行くと「上杉朝宗及氏憲邸址」の石碑があった。そこを右の方へゆき、道なりに左折すると、小さな流れに沿って、何軒かの家がある。*それが尽きたあたりの右側が北条氏の建てた釈迦堂址だ。それを右手に眺めながら、道なりに左に回ると、梅林や田畑が、*鎌倉らしからぬ山里の趣を見せ始める。道はこのあたりから少しずつ登りにかかって、やがて杉木立の茂る、ほのぐらい坂道に変わってしまう。一瞬、京都の北山あたりを歩いているような思いがする。

夏の終りだというのに、妙にひんやりした空気に包まれて、ふと薄気味悪くなりかけたとき、突然世界が変った。坂を上りきって短く右へ曲ったとき、眼前にぱっと釈迦堂口トンネルがひらけたのだ。頭の上にのしかかってくる凝灰岩の白い岩肌、くりぬかれたやぐらの中に、五輪塔などが見える怪奇なこの曲り角こそ、クーデターへの執念を燃やした男の通るのにふさわしい道だと思った。企み、迷い、窺い、権謀家たちはさまざまの秘策を練る。しかし、最後は賭けだ。この暗い坂を上りつめて、目の前に開けた世界を見たとき、時政の決心はついたに違いない。

＊現在は住宅が建ち並ぶ。
＊現在、田畑はない。

釈迦堂口トンネル

もっとも厳密に言えば、時政の通ったのは、もう少し上の細い道だったらしい。それを通って行くと、彼の名越の館の裏門へ出られるのである。今の釈迦堂口のトンネルの道は、その後でできたものだ。が、私は自分の小説の中では、敢えてこの道を使った。こんな面白い表情を持つ道はほかにはないからである。今も時折り、私はこの道を歩く。が、大勢でぞろぞろ歩く道ではない。一人か二人で、ひそかに歩く道であろう。*

釈迦堂のトンネルを降りて左へ曲ると北条時政邸址にいける。邸内には、万寿姫の物語のまつわる唐糸やぐらなどがある。*後に戻って道なりに右へ曲ってゆくと、いつか町中に出る。このあたりが名越で、土手のつつじの美しい安養院《あんよういん》も近い。

*釈迦堂口トンネルは現在、落石の危険のため通行止めになっている。

*現在、一般には公開されていない。

つわものども追想

化粧坂

やすらぎをもとめて

私が歩いた道
鎌倉駅西口～
寿福寺～
英勝寺～
海蔵寺～
亀ヶ谷～
泉ヶ谷～
浄光明寺

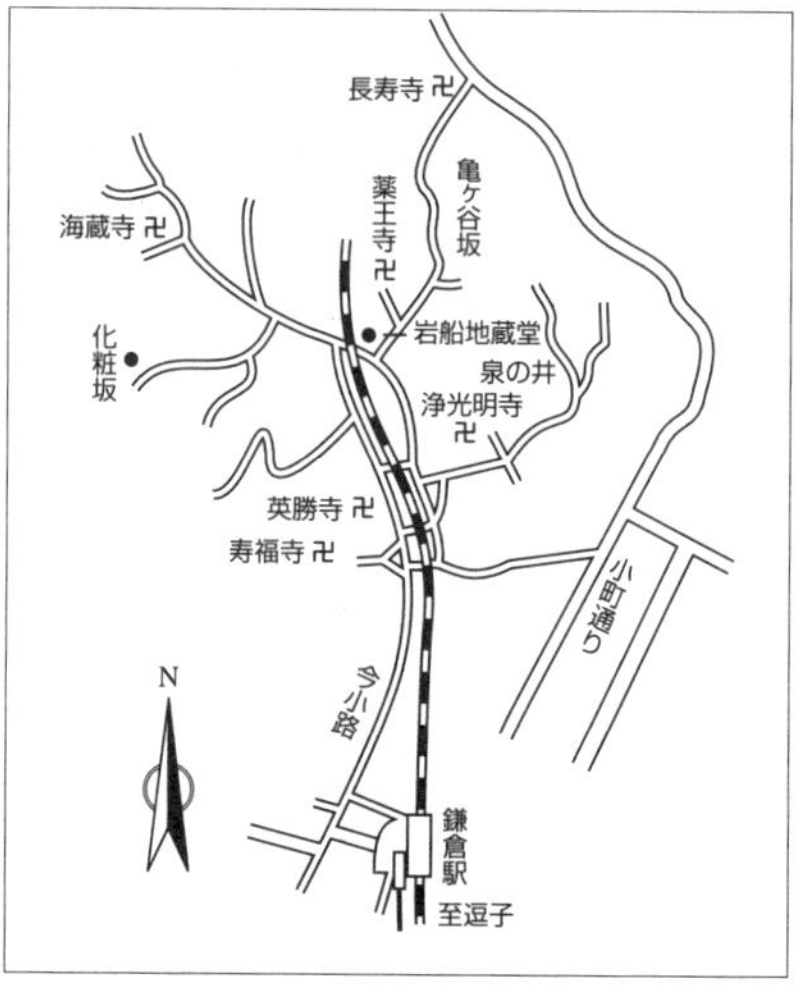

心のやすまる道というのがある。特に味わいが深いとか、とりたてて見どころがあるというのではないが、ゆったりと心を遊ばせながら歩くのには最適というような道である。そして私にとっては、鎌倉駅の裏口から、海蔵寺へ寄り道して、ガードをくぐり、亀ヶ谷の切通しをぬけて長寿寺の横に出る道が、まさにそれなのだ。

駅から寿福寺までの道――。何の変哲もない道である。が、新開地の道とはちがって、長い間人の住んでいる「町」の匂いを感じさせる道でもある。自動車の往き来があまりにも激しくなったので、落ちつきはなくなってしまったが、それでも、ひっそりしたたたずまいの神社が、人から忘れられたように、小暗い樹立ちの中にぽつんと建っていたりするのはいいものだ。

この道が横須賀線のレールにいよいよ近づいたあたりで、左手に寺が二つ続いている。手前が寿福寺、先が英勝寺だ。寿福寺は北条政子が、夫、源頼朝の冥福を祈って建立した寺だ。門から仏殿までの、さして長くない参道の木洩れ陽が美しい。本堂の左側の奥に墓地がある。山肌に露出した岩をくりぬいたその墓所は「やぐら」と呼ばれている。中に政子およびその子実朝の墓と伝える五輪塔が安置されている。

厳密にいえば彼らはここに葬られたわけではないから墓というのは当らないが、源氏ゆかりのこの寺に、鎌倉時代に安置された供養塔であることはまちがいないようだ。

隣りの英勝寺は徳川時代のはじめに徳川家康の側室、お勝の方が開いた寺で、今も鎌倉に残る唯一の尼寺だ。小さいながら当時の造りをそのまま備えている。

寿福寺、英勝寺の門前をすぎると、岩をくりぬいた小さな祠、おいなりさんがある。「信徒の方々へ」と鳥居の再建の貼紙*などが出ているところを見ると、忘れられたように見えるこの祠にも信仰は息づいているのだろうか。祠を蔽う切り立った岩肌には、蔦がからんでいる。近づいてみると、ほのかな色づきが、思いがけない美しさだ。錆びた赤とも、葡萄色を含んだ茶色ともいえるその色は、雨にうたれた後だったせいか、「生きている色」のみの持つ深さ、みずみずしさを私に教えてくれた。

友達に色の専門家がいる。流行色の仕事などをしているのだが、自然の木の葉の色の美

*現在、貼紙はない。

十六の井

しさには思わずみとれてしまう、といっていた。

たしかにそうかもしれない。この岩肌にすがる蔦は、車のほこりを浴びて、誰からも無視されているけれども、近づいてみれば、こんなにも美しいのだ。

このあたりをすぎると岩壁は尽き、道は急に明るくなる。左手には化《け》(假)粧坂《わいざか》の方へ上る道もあるが、海蔵寺への道は、静かな住宅地である。いままで通ってきた道とはいま一つ表情の違ういかにも落着きのある家並みが続く。ところどころの家の塀からのぞく竹の色が若々しく明るい。住んでいる方々の人生には、さまざまの変転があるのだろうが、しかしこの通りには、一つの定着した表情がある。

「いい道じゃないの」私が案内した友だちは、この道を歩くと決ってそう言う。立ちどまって竹の葉のそよぐのを見上げる人もいる。そういえば、東京にはこういう表情の通りはなくなってしまった。

その道の行きどまりにある海蔵寺。門前に底ぬけの井戸、境内に十六の井がある。海の近い鎌倉の水はあまり良質とはいえないのだが、それでもところどころきれいな清水が湧き出す所がある。土地の人はここを名井、名水と呼んだ。十六の井、底ぬけの井もそれらの一つである。さて今来た道を引返してガードをくぐる。道の左側に立つのが岩船地蔵堂である。さらに薬王寺をすぎると、いよいよ道は亀ヶ谷の急坂にかかる。

あまり急な坂なので、亀まで引返してしまった、その亀返しがいつのまにか亀ヶ谷になったという地名のいわれをそのまま信じるかどうかは、それぞれの方の好みにおまかせするとしても、この話、ちょっとばかりユーモラスである。

たしかに登りは急傾斜だから、しぜん、スピードは落ちて、エッチラ、オッチラという形になる。

——亀だな、まるで……。

多くの人がそう思ったにちがいない。雨の日などにずるりと足を踏みすべらして、

——おっと、亀さんだってらくじゃないな。

などと考えたとしたら、なおユーモラスではないか。

緑が急に濃くなってきた。空気がつめたい。葉の重なりが、緑の明暗を織り出している。私がはじめて来たのは、秋も終わりに近いころだったが、意外とその緑はあざやかであった。時々立ちどまって、それを仰ぐのは、息ぎれするからではなくて、その微妙な緑のニュアンスを楽しみたいからである。

鎌倉の切通しの姿は、多分どれもこんなふうだったのだろうが、今はほとんどそのおもかげを失っている。その中では、この亀ヶ谷の切通しは、かなりの雰囲気を伝えている。

車の通行を止めて古い姿をとどめようとしておられる地元の方の努力には敬意を表したい。

ゆっくり登っても大した道のりではない。長寿寺の見えるところまで来ると、私はいつもふりかえる。そこからの眺めがいちばん好きなのである。逆コースをとって、長寿寺側から歩き始めるのもいい。いかにも自分が緑の中になだれてゆくという感じがするからだ。その後新緑の頃歩いたことがあったが、匂いたつ緑の中に吸いこまれるような気がした。めったに人にも出会わないこの道は、現代人にとっても魂を休ませるにふさわしい道といえるのではないだろうか。

ときには亀ヶ谷《かめがやつ》に行かず泉ヶ谷《いずみがやつ》に入って浄光明寺をたずねるのもいいだろう。この道は例によって行きどまりである。こうした丘陵にはさまれた狭い平地を、鎌倉では「谷」（やと又は、やつ）と呼ぶ、その行きどまりは、たいてい快い陽だまりで、古い寺院が建てられていることが多い。浄光明寺は厳密にいえば行きどまりではないが背後に丘陵を背負った静かな寺院である。私はここの阿弥陀三尊が好きで、よく御住職にお願いしては拝観に出かける。もっとも、あまり度々では御迷惑になると思って遠慮はしているのだが、それでも年に何度か、鎌倉らしい彫刻のあるところにと所望されるとここに案内することになってしまう。のどかな容貌の、大きな像はリアリスチックな手法ながら、息づまるような固苦しさはない。人間世界をそのまま肯定しながら、それをつきぬけたスケールの大きい生命そのもののあり方を伝えようとするかのようである。

仏像もだが、ここは庭のたたずまいもいい。春は黄色のラッパ水仙、秋は萩が咲きこぼれて静かさに華やぎをそえてくれる。この辺は里見弴先生のお住居*をはじめ、風流な柴垣の家やら、古風な石垣やら、住む人々の年輪を想わせる家並みが続いている。その家の、とある右角にあるのが泉の井――。こんこんと湧き出す清水の清冽さが、そのまま地名となった泉ヶ谷だが、いまは小ぢんまりと石にかこまれて湧き水を湛えている。泉の井は十井の一つだが、水道のなかったそのころ、どんなに多くの人々のいのちを支えたことか。

泉の井をすぎると、道はゆるやかな登り坂になる。左手は人家が続いているが、右側は切り立った岩壁だ。蔦《つた》が這い、岩肌に沿って大木が枝をさしのべていたりする。

ふと静寂の世界になった。歩いているのは私だけ。駅からほど近いというのに、嘘のような静寂がここにはある。葛の葉が陽にすけて、透明な若緑に見える。

なおも先にすすむ。道はしだいに山道の気配を濃くしてきた。舗装がなくなると、もう行きどまりの感じだが、右の山肌に沿って、細い道が見える。まわりの草を押しわけるようにして、急勾配を上ってゆく。両側から、樹の枝が蔽いかぶさっているせいか、しめり気を含みすぎた土は、とかく滑りやすい。一か所、細い道の際が、えぐりとられたような急斜面になっていてひやりとしたが、ものの四、五分でぱっと畑*のひらけた台地に出た。

ゆく手は、こんもりと繁った尾根で、もう進めそうもない。その尾根の緑に、半円形にとりかこまれた小世界は、まさしく別天地である。畑には茄子・芋・葱などが手ぎわよく植えてあるところを見ると、時折手入れにくる人はいるのだろう。

*現在は所有者が変わり、里見弴旧宅を示す碑がある。里見弴（一八八八―一九八三）は白樺派を代表する小説家のひとり。

*現在、畑から先は立入禁止になっている。

初秋のその日、すすきの穂は、芽立ちの赤味をにじませて、ひどくかれんだった。その傍の、ひときわ高く、葦に似たたくましい葉をそよがせていたのは何だろう。見あげるばかりにのびた先には、これまた、すすきよりずっとたくましい穂がゆれていた。

風がわたるごとに、さやさやと軽い音をたてるその傍に立って、しばらく空のひろがりを楽しんだ。見上げると、ここには電信柱も電線もない、町の中でこういう風景が見られるだけでも登って来たかいはある、というものである。

ここは、八幡様*の裏手、北鎌倉へぬける道の左側の尾根を下ったあたりらしい。そういえば、自動車の騒音が耳につくのは、尾根の向うをひっきりなしに車が通っているからだろうか。車の渋滞にいらいらする人たちは、おそらくその背中あわせに、こんな風景のあることには気がつかないだろうけれども……。

しばらくぶらぶらしてから降りにかかった。ふしぎなことに、道を下って、片側に家並みの続く人間くさい風景にもどったそのとき——、ふっと深渕に落ちこんだような静寂が戻ってきた。無人のあの畑地よりもこの住宅街が静かなのは、片側に立ちふさがる無愛想な岩壁がすべての音を吸いこんでくれるからだろうか。

気がつくと、道端を流れる小さな流れが陽をうけてきらきら光っている。何の変哲もない溝なのだが、逆光が光の帯に変えてしまったのだ。これは行きには気づかなかったことだ。してみると、行きどまりを戻って来るという散歩にも、思いがけない収穫があるものである。

*鶴岡八幡宮のこと。

つわものども追想

私が歩いた道
鎌倉駅西口～
化粧坂～
景清の岩屋～
葛原岡神社～
泣塔

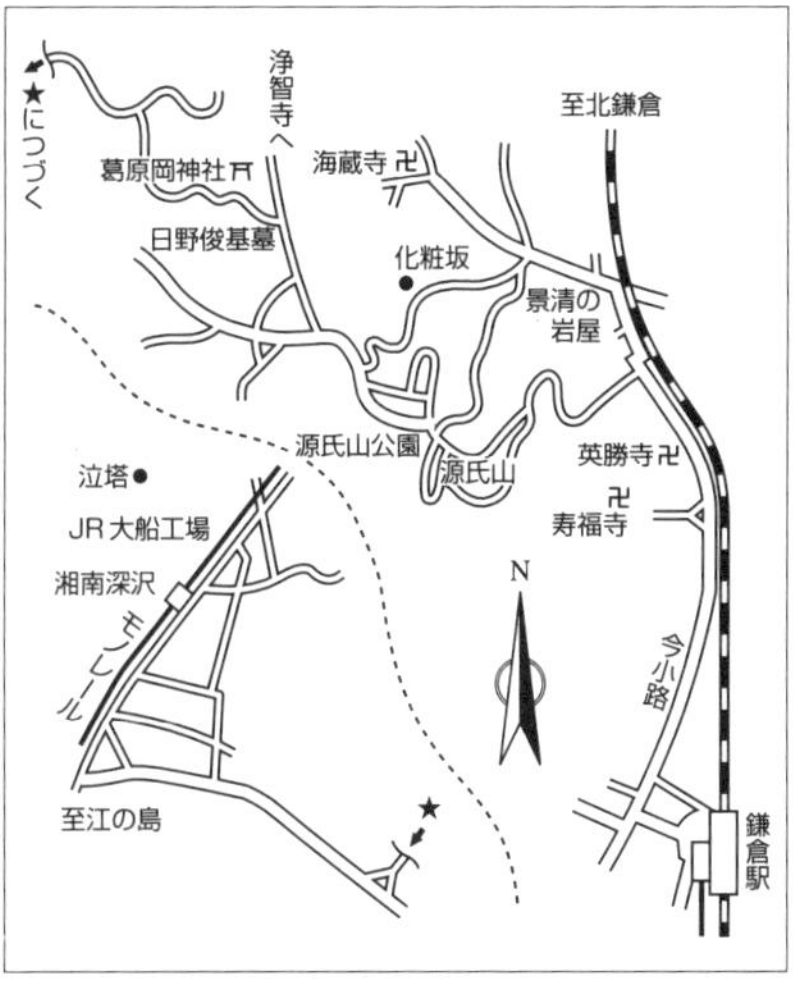

鎌倉駅から寿福寺、英勝寺をたずねて海蔵寺へ行く手前の道を左折すると、歴史上有名な化《け》（假）粧坂《わいざか》にかかる。ここも鎌倉に来た以上、一度は歩いておかねばならぬところであろう。

なぜなら、ここには歴史の記憶が——とりわけ、凄惨な戦いの末に訪れた鎌倉の滅びの日の記憶がしみこんでいるからだ。

この坂道にかかる手前左側に景清の岩屋がある。これは鎌倉がまだ武家の府としてほこらしげに栄えていたころ、頼朝を狙って果さなかった景清の捕らえられて入れられた牢だということになっている。鎌倉には、そうした伝説のある牢がいくつかあるが、真偽のほどはどうか。護良親王《もりよし》も土牢に入れられていたことになっているが、土蔵造りの部屋ではあっても、あんな洞窟ではなかったという説もある。

化粧坂の登りはかなり急傾斜だ。車が通れないので、昔の趣を比較的よく残している道である。この坂は一名「木生え坂」のなまったという説があるが、なるほど岩にしっかりと根を張って、坂を蔽うように、小暗く木が茂っている。

いつもこの坂の表情は暗い。新緑の緑、秋の紅葉、私も何度か歩いているが、なぜかその美しさに酔う気になれないのは、この坂が多くの人の血を吸っていると思うからである。

ここは、昔、鎌倉の正面入口だった。武蔵をはじめ、関東の諸国からの道は、みなこの坂に続いていたし、私の読んだところでは、京都や東海地方から来た人も、いったん極楽寺のあたりまで来て、それから周囲の山を迂回して、わざわざ化粧坂までやって来てここから鎌倉に入っている。

してみれば、大変な賑わいだったのだろう。「化粧坂」という名も、遊女の化粧しているところだったからという説もある。もっともこれにも暗いイメージがつきまとっていて、「いやいや、化粧したのは遊女ではない。敵の首だ」

という説もある。敵の首をここで化粧し、実検に供したのだというのだ。これも真偽のほどはわからない。

いつかここを歩いていたら、馬に乗った人とすれ違った。どうやら流鏑馬《やぶさめ》をやる方が、

化粧坂

足ならしをしておられたものらしい。急坂を馬で駆け降りる姿は、鎌倉時代を彷彿とさせるものがあった。

登りきると葛原岡《くずはらがおか》神社だ。『太平記』によると、反幕運動をして捕えられた日野俊基は、ここで処刑された。整備されてはいるが、人気の少ない源氏山公園はいささかわびしげである。もっともっと利用されていい所だと思うのだが。

さて源氏山からの道は、いくつかあるが、梶原に降りることにした。

ここは尾根より少し下った道を歩くのだが、それだけに山陰をひそひそと歩いてゆく感じがする。実は鎌倉へ越してきた当初、ここを歩いたことがあり、このときはひどく長い道だと思ったのだが、今度は思いがけない早さで、梶原の住宅地へ出てしまった。どうもふしぎでならない。

考えてみたら、梶原側はかなり家の数がふえている。多分そのせいではないか。

この道もおそらく、『太平記』の時代には、血なまぐさい合戦のあった舞台であろう。私たちが子供のころは、北条高時がおろか者で、毎日闘犬や田楽《でんがく》にふけって、幕府そのものがめちゃめちゃになっていた、というように教えられたが、どうも高時という人は、それほど駄目な人間でもなかったらしい。そして幕府方の武士は、渾身の力をふりしぼってこを支えた。『太平記』によると、化粧坂を守ったのは三万騎、昼夜五日間の合戦が行われて、たった二十騎になってしまったという。まさに凄惨苛烈な鎌倉の落日だ。

鎌倉の戦いは、平家滅亡の戦いとは違う。平家一族は、もう終りが見えてしまうと戦うことをやめ、西に向って手をあわせて死んでゆく。が、鎌倉武士は最後の最後まで戦いを捨てない。負けると知っていても戦いぬくのだ。日本人の感覚からすれば、平家一族の悟りきった死はいかにも美しくみえるが、しかし、鎌倉武士には彼らの死の美学がある、と私は思っている。山陰のこの道にも、屍体は折重って倒れていたのだろうか。

が、まもなく、そんな想像を中断させる現代的風景が近づいてくる。梶原山団地である。団地の中に降り、斜めに横切るようにして深沢小学校へ出て、さらにそこを横切ると、モノレールの下の道路に出る。近くにあるのが泣塔《なきとう》——近くの青蓮寺に移したら、毎晩泣いたので、もとへ戻したというういわくつきのものだが、そんな伝説をぬきにしても、姿のよい石造美術の一つである。*

＊現在、周辺はＪＲ東日本鉄道大船工場の敷地になっているため、泣塔の見学には許可が必要。問い合せは鉄道建設公団東京事務所（☎〇三―三八三九―八七六一）へ。

かくれ里から

私が歩いた道
鎌倉駅西口～
銭洗弁天～
佐助稲荷～
六地蔵～
和田塚

鎌倉のよさは、町の中をどう歩いても、一応の散歩ができることだろう。車が多くなったとはいっても、まだぶらぶら歩く道が身近にかなり残っているのはうれしいことだ。鎌倉駅の裏口から銭洗弁天に出て、海岸へ――これはよく知られている道だが、なかなかおもしろい新発見もある。たとえば数年前のことだが、銭洗弁天堂の近くで新しいやぐらが発見され、話題になった。

雨あがりのその日、そのことを思いだしながら坂を下り、ふと、上を見上げたら、そのやぐらのまわりを取りかこむ岩肌が、黒々と濡れていた。その中に、小さな五輪塔が少しのぞいている。数百年埋もれていた歴史が、思いがけないことから突然ひょいと顔を出す――こんなことが鎌倉ではよくあるのだ。

銭洗弁天は、このごろはすっかり有名になってしまった。巳《み》の日というと遠く北海道から飛行機でお参りに駆けつける人もいるという。

銭洗さまから佐助稲荷にぬける道はいくつかある。

この日は山裾を廻る感じで歩いてみた。参道――といっても細い道だが、両道端に、赤い旗が並んでいる。雨に色あせたのか、薄汚れたピンク色もかなりある。片かな名前の店の名前などが書かれているのも時代のあらわれだろうが、西洋菓子とお稲荷さんのとりあわせは、ちょっと奇妙である。

道の左側に小さな社務所と下社（?）があり、そこからは名物の赤鳥居の林である。住宅街からは眼と鼻の先なのに、もうここまで来ると別世界だった。左方の谷戸は、いちめん草の緑、夏の盛りのその日、ゆるい階段を上ってゆくと降るような蝉しぐれだった。

石段を少し登ると社殿がある。木立に包まれた境内はほの暗い。いつも湿気にみちているせいか、庭を埋める羊歯《しだ》の葉の緑が鮮やかだ。

静寂そのものの真空地帯のような緑の世界は、私にかくれ里の伝説を思い出させた。人々の住んでいる集落から程遠からぬ所に、福徳をさずける神の棲む「かくれ里」があるという言い伝えは、昔からよくあった。

佐助稲荷

たとえば、ある家で人を呼んでもてなしをしなければならないことが起る。そんなとき、お椀が足らないと、この神さまにそっとお願いにゆく。と、翌日ちゃんと神前に数だけのお椀が並んでいるというのだ。

「銭洗弁天はちょうどそんなものではないですかな」

とおっしゃったのは、横須賀に住む歴史学者、故菊池武氏である。特に湘南一帯の歴史にくわしく、まだ歴史散歩などというものがはやらないうちから、同好の士を集めて、こつこつと歩いておられた方だが、こうして久しぶりに佐助稲荷に来てみると、その「かくれ里伝説」はこの佐助稲荷にもふさわしいような気がしてきた。

　言い伝えによれば、頼朝が鎌倉に来る以前からある神社で、兵衛佐《ひょうえのすけ》頼朝を助けたから、佐助稲荷なのだという。もちろん社殿や境内のありさまは、昔のままではないのだろうが、ひそやかな神の里といった趣は、今でも十分に味わうことができる。

　鎌倉が武家の府であることをやめて以来の五百年余、この地に住み続けた人々はこうした「神の里」を守り続けてきたのだ。

佐助稲荷を出て暫く住宅地を歩く。車がふえてはきたが、まだ町の姿には一つの落ちつきがあって、私はこのあたりを歩くのが好きである。ある家では、ばらが、ある家では萩が……住む人の好みを映して咲き乱れているのをのぞいてゆくだけでも楽しい。ぶらぶら歩いてゆくと、いつか笹目のバス停の近くまで出てしまった。

そこから左の方へしばらく行って、六地蔵のあたりから海の方へ右折した。この六地蔵は、昔この辺に刑場があったために、罪障消滅、極楽往生を祈って、安置させたものだといわれている。血なまぐさい言い伝えとはうらはらな、どこかとぼけた表情の仏さまたち。道幅拡張で動かされたりして、町の人々はあまり関心もないようだが、遠くから来た観光バスは、必ずこの地蔵さまのいわれを説明している。

六地蔵から海の方へ入ると、まもなく和田塚だ。鎌倉時代、和田の乱（一二一三）の当時の死骸をうめた塚だと古くから言い伝えられていたが、のちに埴輪などが発見されたことから、今ではもっと古い時代の古墳（円墳）だということになっている。鎌倉のあたりにはこうした円墳は決して稀ではないのだそうである。

してみると、武家の府に定まる前すでにここには、確たる人の営みがあったわけだ。

源頼家とか北条政子といった固有名詞の登場する時代の前後にも、さまざまの人がこの地に生き、かつ死んでいったのだ。ごくありきたりの道だが、歴史の流れを考えさせる道としては、この道はなかなか興味の深いものを持っている。

ところで、和田の乱の折に、このあたりが合戦の地となったことはたしかである。和田義盛は当時の侍所《さむらいどころ》の別当《べっとう》というから陸軍大臣のような役で、彼が幕府に挑戦してきたのだから、未曾有の事件だった。しかも和田勢はかなり優勢で、幕府（北条）方も大いにてこずらされたらしい。鎌倉時代には、この町では時折り、血で血を洗う戦いが行われているが、最後の新田義貞の鎌倉攻めを除けば、この和田合戦は最も大きな戦いの一つといっていいかもしれない。北条氏も一時はかなり苦戦したが、その後周囲から援助が駆けつけ、やっとのことで形勢を逆転させた。

この和田義盛というのは、やや単純で一本気な武将である。はじめは元気に戦っていたが、一族が次々と斃れ、最愛の息子も討たれたと聞き、

「あいつが死んでは何にもならん」

吠えるような泣き声をあげて、そのまま敵陣に飛びこみ斬死した。いかにも彼らしい最期である。今の静かな住宅街からは、その雄叫びを想像するのもむずかしくなってしまったが……。ここまで来ると、もう道の先が明るい。海はすぐそこなのである。

落ち椿のしとね

私が歩いた道
鎌倉駅西口〜
銭洗弁天〜
佐助稲荷〜
葛原岡

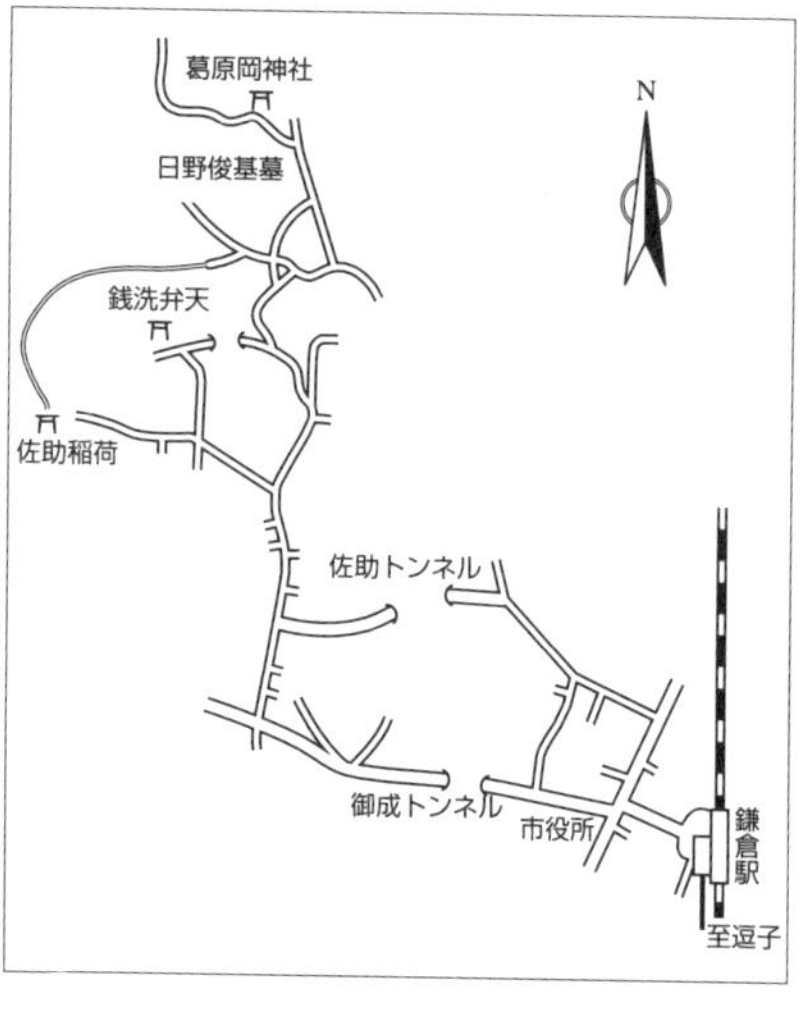

前のコースでは、銭洗弁天から海の方へ歩いてしまったが、佐助稲荷から尾根道を通って葛原岡《くずはらがおか》へ出るのも、なかなか楽しいコースである。

私がここを歩いたのは春の半ばの昼下りだったが、稲荷神社の社殿に向って左側に、いささか危なげな石段があって、裏手の山に道が続いている。石段というよりも、むきだしになった岩肌にざっと段をつけたような所もある。勾配はかなり急だし、雨あがりだったりすると、ともすればすべりそうになる。中途からは石段もなくなって、急斜面を右に左に折れ曲って登るので、足に自信のない方は用心が肝要だ。

由来記

報国寺は、建武元年（1334）に創建された、臨済宗・建長寺派の禅宗寺院です。

開山は天岸慧広（仏乗禅師）、開基は足利家時（足利尊氏の祖父）です。

本尊は釈迦如来坐像（市指定文化財）で、仏師宅間法眼作と伝えられています。

他に開山仏乗禅師像（市指定文化財）1347年作や　迦葉尊者像などを御堂に安置し、さらに、開山の著書「東 帰 集」（国指定重要文化財）や、開山使用の木印（国指定重要文化財）や、聖観世音菩薩像は、鎌倉国宝館に保管されています。

休耕庵という塔頭の跡に孟宗竹が生え現在の「竹の庭」になりました。

どうぞ、心静かに、御参拝下さい。

報國禪寺

拝観券

弐百円

葛原岡神社

しかし、やっとの思いで上ってから、私は思わず歓声をあげた。頂上に近い小さな平地に、いちめん紅い椿が落ちていたのだ！　まさに「落ち椿のしとね」だった。黄色い松葉の敷物に紅い花を刺繍したように、数しれず落ちている椿は、おそらく誰にも知られぬままに咲き、そして散り、しぼんでゆくのであろう。

「散りか過ぐらむ見る人なしに」

といった表現は、『万葉集』にいくつかある。萩とか山吹とかの散るのを惜しむ歌だが、「見る人なしに」という言葉の哀切さを、思いがけず、私はここ鎌倉でたしかめ得たように思う。

豪奢な落椿のしとねは、このほかにも道の途中に一、二か所あった。気づいてみると思うままに枝をのばした椿はかなりの大木だ。いつも無愛想に堅い葉をひろげているこれらの木々の、年に一度の華麗な装いに立ちあってやれたことに、私はいささか満足した。

さて尾根は近い。登りはさすがに急になった。傾斜面に露出している木の根が、うまいぐあいに自然階段を作ってくれ

*木立が茂って、現在は見えない。

*現在は住宅街。

ているので、それを頼りに登った。一本の木などは、ひどく細かく、何段にも分かれて木の根を露出させているので、下から見上げると、上から細い滝がなだれてくるような感じだった。ふしぎな自然の造型の前で私は幻の滝の音を聞き、無音のシンフォニーを聞く思いがした。

上へ登って左へゆけば大仏坂、右へゆけば葛原岡だが、この日は葛原岡に出た。途中の道は思ったより明るい。まだ落葉樹の梢が裸のままだからであろう。*段々見晴しがよくなり、右の方に名越《なごえ》あたりの家並みがぎっしり見えてきた。火葬場の煙突が正面に見え、その右手に海が霞んで見える。

方向を転じれば滑川《なめりがわ》河口の方とおぼしいあたりも見えるし、また方向を転じると、大船の観音も見える。つまり、ここに立てば、鎌倉のあらゆる方向が見渡せるということになる。佐助稲荷の地が聖地とされたのは、こうした地の利にもよるのだろうか。

が、このあたりにも、驚いたことに家が建ちはじめている。*道がひろげられ、車の出入りが自由になったからだ。しかし、これ以上は、道をひろげたくない。せめて佐助の裏山は、あのままにしておいて、ひっそり、落ち椿の散るにまかせておきたい。むしろ、「見る人なしに」散る自由を椿に与えてやりたい。先刻、私が椿の花を見てやったと思い、何かよいことをしたような気がしたのは、むしろ自然に対する思いあがりではなかったか――

――などと考えているうちに、見なれた葛原岡神社の境内についてしまった。

潮鳴りをもとめて

私が歩いた道

鎌倉駅〜若宮大路〜一の鳥居〜稲村ヶ崎〜七里ヶ浜〜小動神社

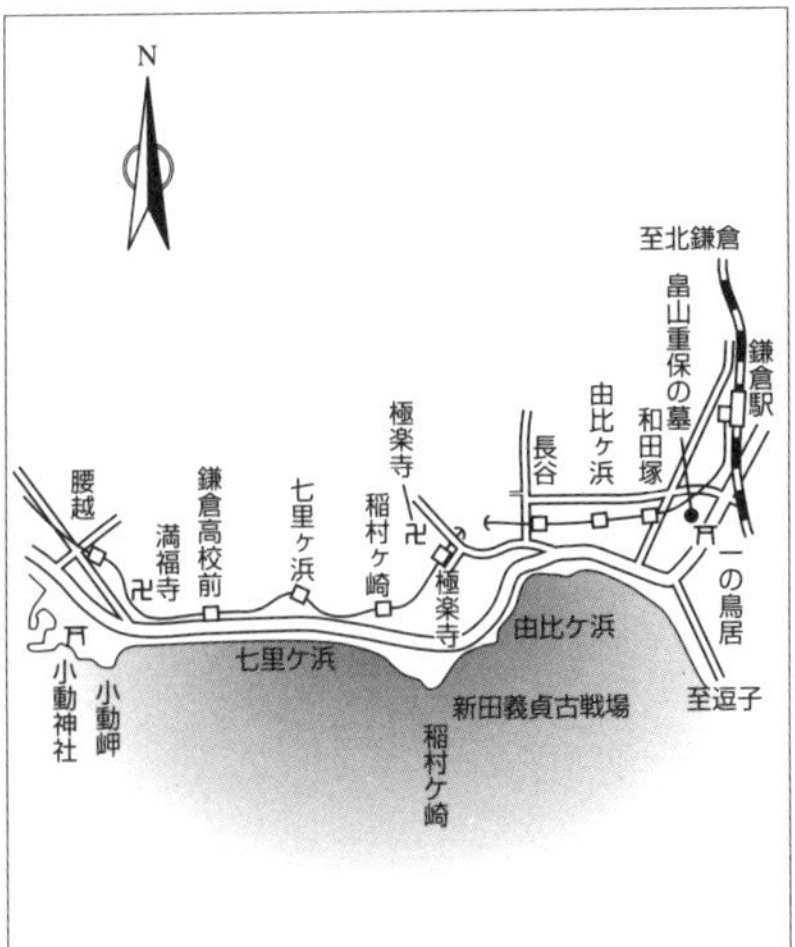

鎌倉の海辺を歩く道は町の中や尾根を歩くほどの変化はない。どう歩いたところで、しょせん海岸は材木座、由比ヶ浜、七里ヶ浜、ということになってしまうからだ。それも海沿いに自動車道路ができてしまった今は、たとえ砂浜を歩いたとしても、その騒音から逃れることはできない。これはあまり有難いことではないけれど、潮の香を吸いたいばかりに、私は時折この道を歩く。それには、冬か春先がいい。こんなときの海はやさしく、遊んでいる人々の表情も、真夏のそれとは違ってどこかのんびりしているからである。

駅を降りたら若宮大路に出て、八幡宮と反対の方向へまっすぐ歩く。以前は道路の中央に、八幡宮へ向うのと同じ参道があった。これは頼朝が鎌倉入りしたころ作られた由緒ある道だったのだが、明治以後にこわされてしまった。今なら直ちに文化財破壊と四方から反対の声があがるところだが、横須賀線や江ノ電敷設のためということで簡単に取り除かれてしまった。こんなふうに文明開化が文化財を悠々と踏み破って通る時代が、日本ではかなり続いたのだ。そんなことを考えて横須賀線のガードをくぐるのもたまにはいいかもしれない。

しかもこの横須賀線は、首都東京と軍港横須賀をつなぐための軍用鉄道だった。軍国日本の至上命令をふりかざして、横須賀線はひた走った。この参道よりもむざんなのは円覚寺で、北鎌倉の駅は、実は円覚寺の境内を横切って作られている。駅前の疲れた表情の池のあたりまで、以前の境内の中だったのである。

さてガードを越すと「下馬四ッ角」だ。昔はここで下馬して八幡宮を拝んだのであろう。少しゆくと石の大鳥居がある。これが八幡宮の一の鳥居である。その脇に大きな宝篋印塔《ほうきょういんとう》が木の繁みに抱かれるようにして建っている。

ふつうこれを「六郎さま」というらしい。大力無双で鎌倉武士の典型のようにいわれている畠山重忠の息子、六郎重保の墓ということになっているが、石塔の銘からすると年代があわない。よく見ると明徳四年（一三九三）とある。重保はそれよりずっと前に死んでいる。ただ彼は時の実力者北条時政の妻、牧の方に憎まれ、だまし討ちに近い形でこのあたりで殺されているのでその供養のためのものであろうか。今はただ車のゆきかうだけの

七里ヶ浜より富士山を望む

この道にも、こうした血なまぐさい歴史はひそんでいるのだ。

一の鳥居を過ぎると海はもうすぐだ。季節はずれの海辺を歩いてみて面白いと思ったのは、砂浜にいる人のうち三人に一人は何か拾うとか、海へ向って何かを投げたりしていたことだ。おだやかな海にふれあうとき、人間はどうしても、そんなたわむれかたをしてみたくなるものらしい。

ぶらぶら歩いてゆくうちに稲村ヶ崎に着く。冬の日、晴れていればこのあたりからすばらしい富士山が眺められるはずである。ここはすでに整備されて小公園になっている。

「稲村ヶ崎、名将の　剣投ぜし　古戦場」

という小学唱歌があまり有名すぎて、改めて見るには及ばないような気がしていたが、岬の上に登ってみると、たしかにここは一小天地である。騒がしい車の音も、もうここまでは聞こえてこない。海は、はじめて本来の波の歌をとりもどし、潮の香をとりもどしたかのように思われる。七里ヶ浜へかけてゆるやかな曲線を描きながら、きらきらと光をあふれさせているその豊かさ……逆光に浮き出た人の姿がひどく小さい。

さらに上に登ると休憩所*があり、その庭をひとめぐりすると、江の島の海から鎌倉の海まで一目で見渡すことができる。目の前には去年の薄《すすき》の穂が、海風にふるえながら、素枯れたまま残っていて、その先に、はてもない青い海がひろがっている。目の下は切り立った絶壁だ。

――これではなるほど、新田義貞も通れないはずだ。

と思いながら、ひょいとのぞきこんだら、人の頭が二つ見えた。どこから降りたのか、

＊現在は展望台になっている。

満福寺

二人だけの眺めを楽しんでいる。

新田義貞のエピソードは、戦後あまりはやらないらしい。第一、今の子供たちは、剣を海に投げたらさあっと潮が退いて……などといっても本気にはしないだろう。じつをいうと私もこの話はあまり好きではないのだ。

今ふうの言い方をすれば、干潮時にタイミングをあわせた義貞の大ハッタリということにもなるのだろうが、どうもこうした大芝居じたいが、新田義貞という人にあまりふさわしくない気がする。彼は融通のきかないマジメ一方の人間で、最後まで歴史の中の田舎者という感じである。これに比べると足利尊氏のほうが、どこかとぼけて、フワッとしたところがあって、それでいて役者は一枚も二枚も上手《うわて》だ。稲村ヶ崎のエピソードは、むしろ尊氏のほうがふさわしいような気がするのだが……

ともあれ、下をのぞきこんで意外だったのは、目の下の海が、かなり透明だったことだ。鎌倉の海といえば濁っているものと思いこんでいたのに、上から見ると海藻の茶色と岩肌の白灰色が水を透かしてみえる。

ここまで来ると、一段と潮鳴りの音はたかまる。海の風に吹かれていると、ごくあたりまえのことが、ひどくふしぎに思えてきた。背後の風物は変りはてているが、おそらく新田義貞の見た海と、私がいまこうして見ている海とは、ほとんど変らなかったであろうというそのことが妙にじいんと胸に迫ってくるのだ。そういえば、頼朝も政子も、この鎌倉の海の水平線は必らずみつめているに違いないのである。

頼朝といえば、義経ゆかりの腰越《こしごえ》の満福寺もここからはすぐだ。都から来て鎌倉入りを許されず、腰越状を書いたという所である。

もっともあの腰越状じたい、学者の説では、いささか怪しい所もあるらしいのだが。

ほんとうのことをいうと義経はここでかなり悪態をついている。芝居などでは、しおしおと都へ帰ってゆくことになっているが『吾妻鏡』によると、

「頼朝兄に不服な連中だってゴマンといらあな。そんな奴は、俺についてこい。鎌倉だけが世の中じゃねえや」

くらいのタンカは切っている。

のちに平泉で討たれた義経の首は、同じ腰越で首実検をうける。義経にとっては因縁の地だ。が、私はこのあたりでは満福寺の向いにある小動《こゆるぎ》神社——海に突出た小さな岬の上にあるこの淋しげな神社のほうが印象深い。はじめてここを訪れたときはひどい荒模様の日だったのだが、灰色に荒れ狂う海の姿は、いかにも孤独で、その荒涼たる風景に、私は長いこと心を奪われて立ちつくしたものだった。

海と雲と紅葉

私が歩いた道
稲村ヶ崎〜江ノ電極楽寺駅〜坂ノ下

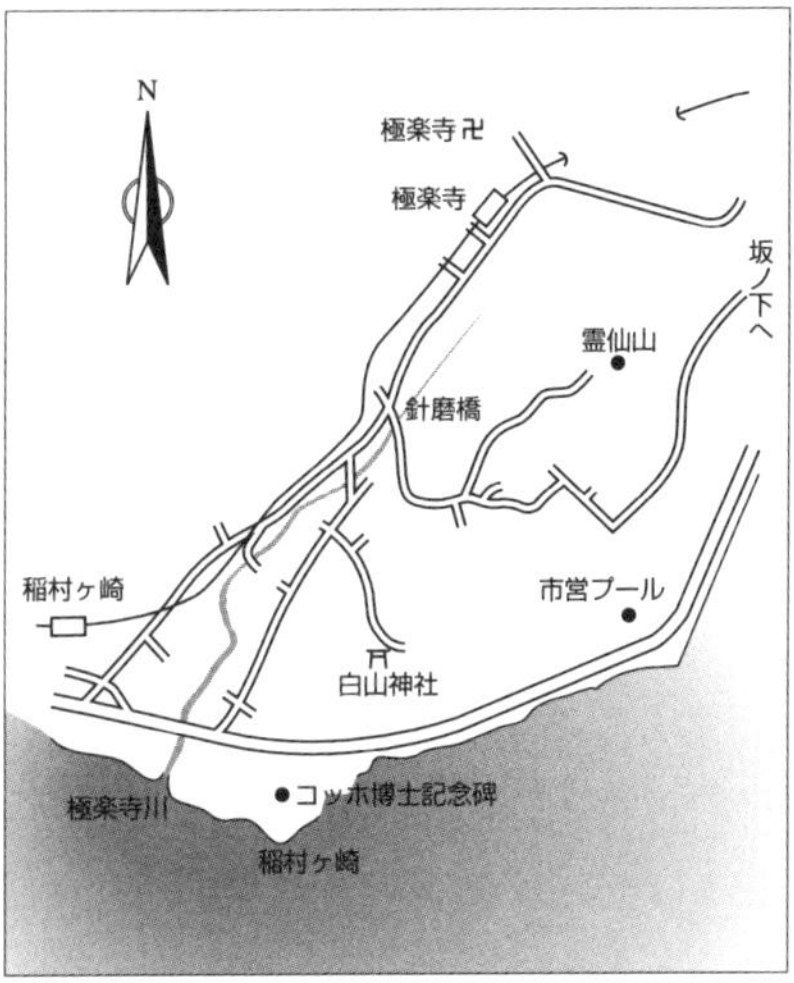

海ぞいの道を、もし腰越まで歩きたくないというのだったら、稲村ヶ崎から江ノ電の極楽寺駅近くまで戻り、そこから、ささやかな山越えをしてゆく道がある。しかし、私の経験では、この道を歩くのは、春より秋、それも夕暮れがいい。いろいろの紅葉の美しさを楽しむことができるからだ。

ひと口に紅葉というが、その色は木によってさまざまだ。オレンジ、カーマイン、ダーク・レッド……。この道の楽しさは、こうした山肌の紅のハーモニーを眺めてゆくうちに、ふと目の先に海が見えてくることにある。

稲村ヶ崎より江の島を望む

江ノ電極楽寺駅前の少し手前――もし電車に乗ってこられるのだったら稲村の方へ多少戻る感じで、商店と住宅の並ぶ通りをゆくと針磨橋《はりすりばし》があり、左に曲る道がある。しだいに上り坂になるその道を登ってゆくと、視界がひらけ、右手の丘陵地帯に、あざやかな紅葉がみえるようになる。

深い緑の底に沈んだように見えるやや渋い紅、黄ばんだ朱――。ところどころに寂びたけやきの黄葉も混っている。

と、気がつくと、その丘陵の右手にも海が光っていた。

おや――と思うのだが、それが稲村ヶ崎の向うの海だったのだ。つまり、今まで見ていた丘陵は、稲村ヶ崎に突き出る尾根だったのである。道を歩いているときは、極楽寺から海近くまで壁のような重い尾根が、一直線に視界を遮ぎっているように思っていたのだが、少し高い所に上ってみると、それは思いのほか低くて、その向うから、ひょいと海が顔を出しているのだ。同一方向に山の紅葉と碧い海を眺めるこの風景もまたいい。道は少しずつ細くなってゆく。なおも進むと三叉路に出る。右に曲って道なりに歩いてゆくと石段に突きあたる。そこを上ると、新しい住宅地に出た。見たところ最近その高台の岩肌を削ってできたらしく、道の傍の切りたった岩壁が、鋭くえぐられている。いわば太古以来はじめて空気にさらされた岩肌である。まだ風化のはじまっていない薄い褐色のそれは、ひどく鋭い表情をしている。

道の左側は石積みが切り立っていて、さらに住宅地が開けている様子だったが、見上げると、頂上に、一本だけ丈高い松が残っていた。*おそらく切るのを惜しんで残したのだろうが、枝も少なく、ぽつんと一つ立っている姿は孤独すぎる感じであった。

住宅地を廻ってゆくと、ふいに視界がひらけた。今度はまともに鎌倉の海が見えた。何という広さだろう。海岸にそって見るよりも眺望はずっと広い。夕映えを含んだ雲の色、その雲の間から射す陽が、海の上に、ほの紅い光の帯を作っている。

風はかなり強い、海岸に立っておだやかな海を眺めている時と違って、豪快さとある種の心のはずみを感じるのは、足もとから吹きあげてくる風のせいかもしれない。

真下には市営プール。人影のない広場に四つのプールが、静かに水をたたえている。その外側には、ひっきりなしの車の列。

私はふと、自分が先刻の松の木と同じ立場にあるような思いにとらわれた。この丘陵の突端に孤立する松の木に、ほとんどの人は気づかない。新しくここに住むようになった人々も、一度はこの孤独な木をふりあおぐかもしれないけれど、まもなく忘れて、そこにそんな木があることさえ考えずに日を送るようになるだろう。そうなっても松の木は、自分の幹が折れ、倒れでもしないかぎり、じっとその場に立っていなければならないのだ。

*松は、なくなってしまった。

見る間に日は暮れてゆく。いつの間にか濃い灰色に変ってしまった海面に、一本だけ、モーターボートが白い航跡を残して、沖へ向って行った。

坂ノ下へ降りる道は、舗装のない荒れた道だった。*道の左手は一面すすきの群落である。どこも手入れのゆき届いてしまった感じの鎌倉で、こうした風景を見るとかえって心がなごむ。海風をうけて、銀の穂がいっせいになびいた。それは近づく冬を歌う、音のないシンフォニーのようであった。

＊現在、この道は舗装道になっている。

大仏様のりぼん

私が歩いた道
長谷大仏〜
大仏トンネル〜
大仏坂ハイキングコース〜
葛原岡

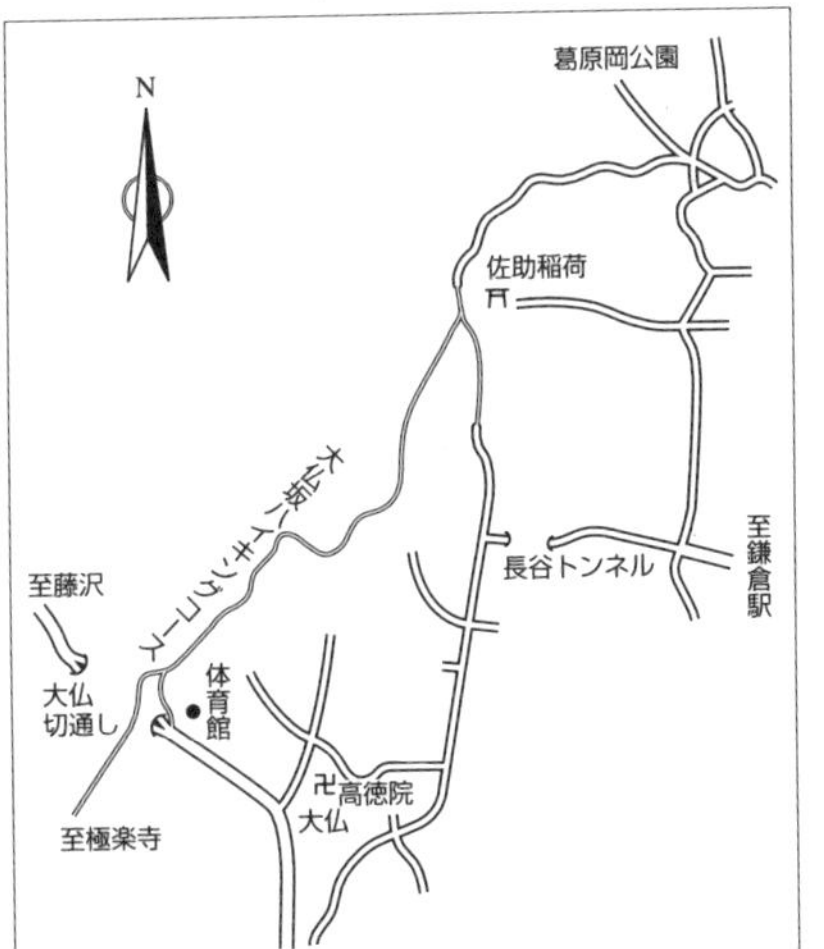

大仏や長谷観音は何といっても鎌倉の名所である。ここまでは誰でも来る。あまり有名すぎて、通俗化し、「なあんだ、大仏*か」とケイベツされがちだが、これこそ鎌倉オリジナル、この町でも数少ない鎌倉時代の文化遺産である。技法的にもすぐれた作品だ。

ところで、大仏までの道は駅からそう遠くない。歩くに越したことはないのだが、たいていの方はバスに乗られる。地理不案内ならそれも仕方ないけれど、帰りまでバスに乗るのは、あまりに芸がなさすぎる。こういう方のために、大仏坂ハイキングコースと*もう一つ町の中を歩くコースを紹介したい。私が歩いた日は、あいにく雨模様だった。大仏のト

*銅造阿弥陀如来坐像。鎌倉時代を代表する彫刻像のひとつ。建長四年（一二五二）に建造が始まった。高さ一一・三メートル、重さ一二一トン。国宝。

*P86〜90「ふだん着の散歩道」で紹介しているコースのこと。

ンネルの近くの登り口の階段を登りはじめたら、もうパラパラと降ってきた。ハイキング日和とは決していえなかったが、薄灰色のトーンに包まれたその日の風景は、なぜか今もあざやかに印象に残っている。

階段が終って大仏の後峯に登るまでは、かなりの急勾配である。お年寄りには少しきつすぎるかもしれない。とにかく何が何でも早いところ稜線まで登ってしまおうというような道のつけ方で、正直のところ、途中で息をつく時以外は、あたりを見廻す余裕がなかった。

そのかわり、足をとめるごとに、見る間に下界がぐんぐん小さくなってゆく。登ってしまうと、かなり踏み固められた道が尾根に沿ってうねりながら続く。決して歩きにくい道ではない。緑はすでにほのぐらい茂みを作っていて、雨を含んだ風が、ざわざわと梢を騒がせては過ぎてゆく。

が、そのうち、右手の樹の茂みが切れて、ふっと長谷の家並みが見えてきたと思うとその先に海が見えてきた。

その海は曇天の下に、ふしぎな光を帯びて薄灰色に横たわっていた。その涯《はて》に、くっきり境目があって、そこからはやや薄い真珠色に変っている。それが海と空の境なのだろう。雨は落ちなくなったが、風の音はさらに激しくなる。

また暫く木立の中の径を歩き、またその茂みの切れた所から下をのぞいてみたら大仏の背中がはっきり見えた。＊日頃は下から仰ぐばかりの巨像が、緑の中にちょこなんと座って

＊現在は木の間隠れにしか見えなくなっている。

高徳院の大仏様

いる。背後に開かれた扉が、ここからみると、大きなリボンでもつけているようで、何となくユーモラスだ。青銅の色が、あたりの沈んだ緑色と快い調和を見せている。

海はさっきよりさらに開けてきた。海の呟きに似た白い波頭が、さらさらと消えては又生れる。

こう書けば、いかにも深山の中のハイキングコースのようだが、実をいうと、右側はすでに宅地が足許まで迫っている。

木の間ごしに白い石積らしいものが時折りのぞくのだが、その度に、私は幅広い刃物が木の間から光って来るような錯覚を持った。その明るさ、白さが、ひどく不自然なのである。

また道は緑に包まれた。ちょうどスライドでも見せるように、時々海側の眺望が開けてくる。しかも眺める角度によって、そのたびごとに趣が変ってくるのもおもしろい。何か出し惜しみしながら、鎌倉の風景をちらりちらりとのぞかせてくれる感じなのだ。

ここまで歩いて来て、私は自分の植物の知識のなさをしみじみと後悔した。道ばたには、いろいろの雑草が、思いがけないかわいらしい花をつけている。その名の一つ一つがわかっていたら、どんなに楽しいことか。

たとえば、虎の尾に似た花房をつけた草がある。マッチの棒の先ほどの小さな花はまだ開いてはおらず、ちょうど花房にさらさらと白砂糖をふりかけたようで、かれんすぎるほどかれんである。誰にも知られない、透明な小宇宙がそこにあった。

気がついてみたら、まわりの樹のかたちが変っていた。すでに左側も宅地は終って、深山幽谷といった趣になっていたし、あたりの樹が一段と丈高くなり、道を塞ぐように大木が枝をくねらせて立ちふさがっている。その樹根がちょうどうまい具合に自然の階段を作っている所をよじ登って進む。

ここでもその木の名前がわからないのが残念だったが、ともかく一帯のたたずまいは今までと風格が違う感じである。これまで見た鎌倉の木はさほど大きくもなく、みなお行儀よくちんまりと並んでいた。が、ここのは違う。傲然と下を通る人々を見下して、

——俺たちには俺たちの世界がある。

と言っているかのようである。

「樹を切ることはたやすい。しかし一度切ってしまえば、もとの姿に返すには何十年、何百年かかる」

と言った人の言葉を思い出した。

林とは、樹とは本来こうしたものなのだ、ということを知らせるためにもこの姿はいつ

までもこのままで残ってほしい。また、鎌倉を歩く方々に、ぜひこの林の姿は見ていただきたい。

小暗い木立の下を通りぬけると、急に人家が近くなって道幅も広くなった。砂利が敷かれていて、車の往き来もあるようだ。歩きいいかわり、ハイキングコースの面白さは失せてしまっている。

そのあたりから風音が一段と強まり、雨が強く降り出した。右側の眺めが開けてきたので、ふと見ると、すでに海と空のあわいは溶けて、鉛色一色に霞んでしまっている。そのくせ、空全体はむしろ明るく、真珠色の輝きはさらに強まったようだ。

髪をおさえるようにして歩き続けるうちに、見なれた風景があらわれた。いつのまにか私たちは葛原岡にたどりついていたのであった。

ふだん着の散歩道

私が歩いた道
甘縄神社〜
長楽寺址〜
長谷裏通り〜
笹目〜
問注所址〜
鎌倉駅西口

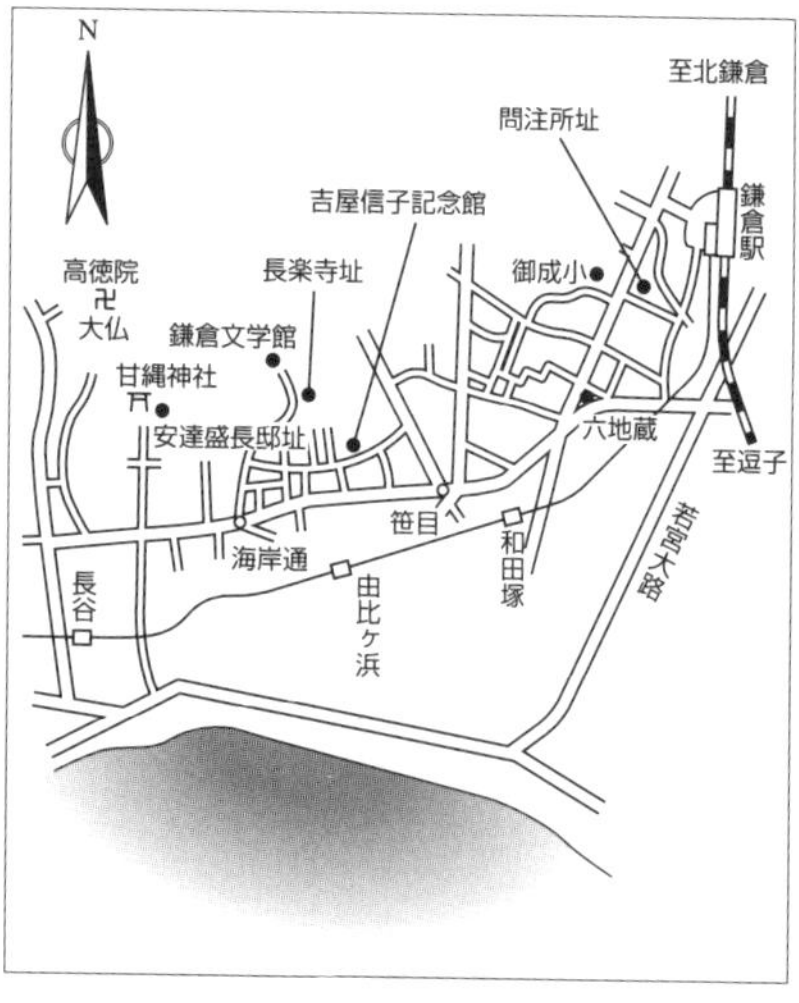

東京ほどのひどさはないにしても、鎌倉もバスの通るほどの表通りの車の混みようはすさまじい。日曜祭日は全く車が動かないことさえある。そんなときは表通りを避けて静かな道を歩くにかぎる。そこで大仏坂ハイキングコースではちょっと疲れるという方のためのコースを考えてみた。

長谷から駅まで約一時間、とりわけ自然に恵まれたコースというわけにはゆかないが、落ちついたたたずまいの家並みにかこまれた中を歩くのも、またいいものである。鎌倉山に住む私は長谷に用事があって降りてくると、駅までバスに乗らずにこの道を歩く。私に

甘縄神社

とってはふだん着の散歩道である。

起点は甘縄神社にしよう。観音前のバス停に近く、長谷の大通りから程近いこの神社は、いつ来ても、人の姿はない。惜しいな、と思う。多分誰もこの神社の魅力を知らないのであろう。

魅力——というのは、階段を上りつめて後をふりむくと、由比の海岸がぱっと眼に入ってくることだ。思わぬ近さにある海のきらめきに息を呑む。そして、そのまま何時間ぼんやりしていても誰からも煩わされることはない……

立ちつくしていると、社殿の後に迫る蒼い山気がひとしお身に迫ってくる。鳥の声も冴えている。ここは昔はすでに鎌倉市外ということになっていて、頼朝や実朝なども、手近な外出としてはこの神社への参拝を選んだらしい。というのも、この下あたりが、有力な御家人安達盛長の館になっていたからである。

安達氏は頼朝の旗上げ時代からの功臣である。いや、当主盛長は旗上げ前から親しく頼朝のそばに仕えていたらしい。というのも彼の妻の母、比企尼が、頼朝の乳母として、流人となったかつての若君に何くれとなく生活の資を送りつづけていたからだ。盛長はその娘婿として頼朝の身辺に出入りしていたのである。その後も早くから北条氏とも姻戚関係を結び、関東武士団の有力者が次々倒れたあとも、しぶとく最後まで生残った。それでも鎌倉末期に、遂にほろぼされてしまうのだが、それまでは鎌倉の西の固めとして重要な存在になっていた。

甘縄神社から下りて、いったん由比ヶ浜通りに出て、海岸通りのバス停の近くを左に入る。鎌倉の道の特徴はやたらくねくねと折れ曲り、袋小路になってしまうこと、どうせ行き止りになってもたいしたことはないのだから、とかまわず歩いていると、はたせるかな行き止りになってしまった。ついこの間までエライさんの週末別荘としてよく新聞に登場したM氏邸である。後の山の緑はいつも翳りが濃い。

その翳りのなかに立つのは長楽寺址の碑。この寺は昔、北条政子が頼朝の菩提を弔うために建てたもので、政子自身の寺ともなった。正式の名は祇園山長楽寺。おもしろいことに、京都に同じ名前の寺があり、これは建礼門院ゆかりの寺ということになっている。平清盛の娘で、若くして高倉天皇のおきさきになり、安徳天皇を産んだ建礼門院の話はあまりにも有名だが、源氏に追われて壇ノ浦に逃れ、入水した後で助けられて彼女が一時身をよせたのがこの長楽寺といわれ、海に沈んだ我が子安徳天皇の着ていたものを寄進したという伝説もある。

ところで、この建礼門院と北条政子は大体同い年らしい、違ってもせいぜい一、二歳く

＊現在、鎌倉文学館（☎〇四六七—二三—三九一一）になっている。

らい。つまり同時代人なのだ。そのゆかりの同じ名前の寺が京都と鎌倉にあるのもおもしろい。

この寺は廃寺になった後、祇園山という山号は名越の安養院にひきつがれた。安養院に政子の像と伝えるものが残っているのは多分このためではなかろうか。

さて、引返して左へ曲り、笹目の谷戸の奥に入る。この道も行き止りだが行けるところまで行ってみるといい。

私がこのあたりの道を愛するのは、長い間人の住んできた街の、おのずと作り出している雰囲気が、心を休めてくれるからだ。蔦をからませた壁、なにげなくのぞく楓の青葉、つややかな葉の光る珊瑚樹の生垣……、それぞれ、今急いで植えたものには見られない落ちつきがあり、失礼ながら立ち止っては眺めさせていただく。実はもうおなじみの家並なので、どういうお宅があって、何という方のお家かも大体覚えているのだが、一々は書かない。あじさいや、ばらもよく見かける。有名な寺に行かずとも、こういう所をぶらぶら歩くことも楽しいのである。

また行き止りになったので、引返して、左へ曲って、御成小学校の前へ出る。このあたりには小さな径がたくさんある。足の向くままに歩いてみても、けっこう心配はない。急に自動車の往来の激しくなった道の一角に、笹竹にかこまれて、忘れられたように立つのは問注所址の碑。昔、このあたりにあった問注所で御家人たちの裁判が行われたので、その前の小さな石橋を裁許橋というのである。

行程約一時間。楽しかったのはところどころに「西洋館」とでも呼びたい古風な洋館の残っていたことだ。江戸期にさびれていた鎌倉が、もう一度よみがえるのは、明治になって、西洋人がやってきて、海水浴をはじめて以来である。古都はそれ以来、別荘地として開けてハイカラな匂いのする町になったわけだが、それらも今では近代史のかたみになりつつある。古都巡礼もさることながら、そうした明治の思い出を味わうのも今のうちである。西欧では、昔の造りはむしろその家の誇りで、内部は現代風に改造しても、外観はそのままにしておく家が多いのだが、日本ではあっさりこわしてしまう。惜しいことだ。

私の散歩道

私が歩いた道

鎌倉山～極楽寺～上杉憲方逆修塔～馬場ヶ谷

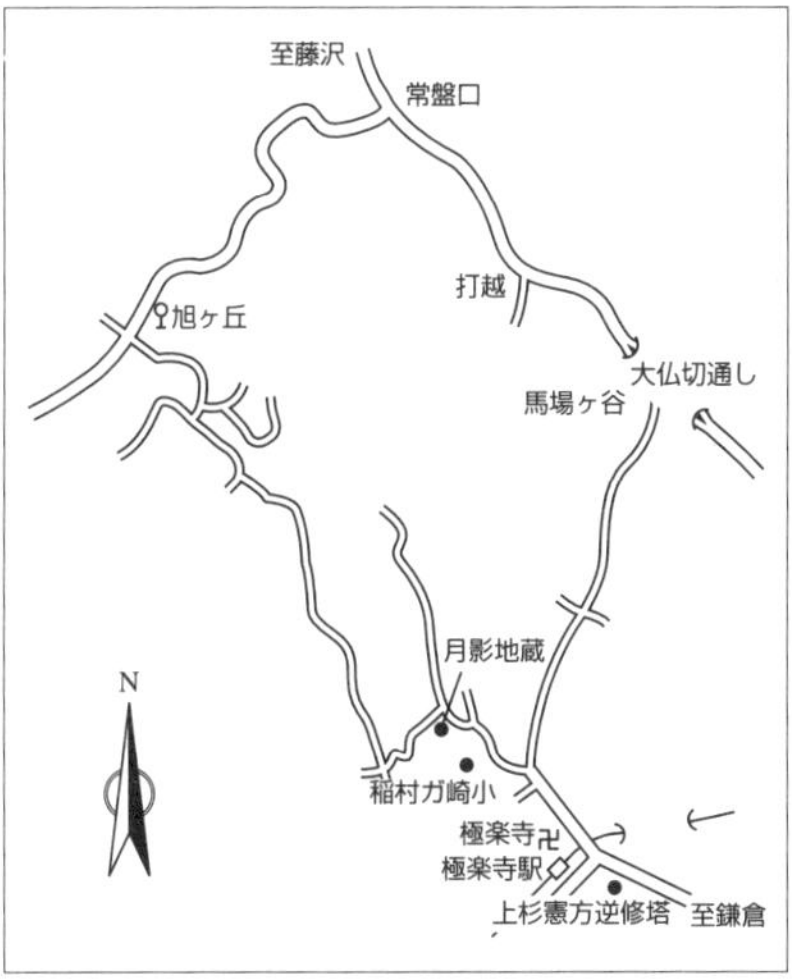

鎌倉山に住んでいる私にとって、極楽寺へ降りる道は、いちばん手頃の散歩道だが、特に四月のはじめには毎年のように、ここを下ることになる。なぜなら、この季節には、極楽寺のあのきれいなお釈迦さまの御開帳*があるからだ。

もし鎌倉駅から来られるのだったら、鎌倉山行き（又は鎌倉山経由江の島行き）で常盤《ときわ》口《ぐち》でバスを降り、そこから山道を歩かれることをおすすめする。ここから鎌倉山の終点までの桜のトンネルがじつにすばらしいのだ。

極楽寺へぬけるのは、この桜のトンネルの途中、バス停旭ヶ丘から左へ曲がる。さらに

*御開帳は毎年四月七～九日。

突き当ったら左へ折れて右側の目の下に拡がる住宅地や、その先に光る海、ちんまりした江の島などを眺めて歩いてゆくと、住宅のつきるあたりで、左側に、材木座海岸はおろか、葉山から三浦半島の先端まで見えてくる。この眺めはすばらしい。やがて、道は行き止りになったように見えるが、じつはここに左の方に降りてゆくいささかおどろな細い道があるのだ。

小径を降りかけると、それまで頭上いっぱいにひろがっていた空が、急に杉や椎の木立のトンネルに蔽われてしまう。足許には、去年の、いやそれより前からの木の葉が降り積んでいる。いわば木の葉の屍の道である。が、そんなところでも、草は萠えるとみえて、露出した木の根にまとわりつくように羊歯の緑が首をもたげている。頭上で鴉の声がしきりにする。あたりがしいんとなったので、急に気づいたのだろうか。

小暗い道を歩いてゆくと、少し眼の前が明るくなる。と、突然視界が開けた。山肌に沿って廻ってゆくうちいつの間にか海に面した側に出てしまったのだ。今までじめじめと湿っていた土が突然白っぽくなる。右の下の切立った斜面は薄に蔽われ、目の下まで稲村の住宅地が迫っている。左上の斜面は笹藪だ。かと思うと所々には椿が黒っぽく光る葉を繁らせている。道は曲りくねって、しかも人が一人通れるくらいの幅しかない。やがて小さな十字路にぶつかる。右へ曲れば目の下に開けている稲村の住宅へゆける。左は下りで、大変ゆるやかな石段が続いている。以前は岩肌の露出した斜面をこわごわ下りたのだが、大変歩きやすくなった。坂の下り口に近く整備された墓地があり、その下にわずかながら田畑

鎌倉山の桜並木

が残っていた。ささやかな田園風景のせいか、鳥群が多い。右へ曲ると、質素な月影地蔵堂があり、極楽寺はもうすぐである。

山門をくぐると桜並木が花盛りだった。根元には、諸葛菜の淡い紫色の花も盛りである。淡いピンクと淡い紫が、少年の面差しをのこす清涼寺様式のお釈迦さまの御開帳にふさわしい色どりの幕を垂らしている。

このお寺には、ほかに、珍しい八重一重がいっしょに咲く桜がある。私が訪れたその日は、まだ蕾がふくらむ程度であったが、一株に一重と八重が咲くというのも珍しい。

お寺の方のお話ではかなり古くから五株ほどあって、親株が年を経ると、傍からまた若い株が育って咲き継いでいるのだという。中にはかなり古い株があって、木の幹が鎧のようにごつごつしている。

さて目指す釈迦如来だが、少年のようにさわやかな風貌である。この寺を開いた忍性という僧は律宗の僧侶である。この律宗の提唱する教えは、簡単にいえば、「釈迦に帰れ」ということだ。釈迦に帰って、その説くところの戒律を守ろうというのである。

それ故に、この宗派の寺には釈迦像が必ず安置されている。それも清涼寺様式と呼ばれる立像だ。というのは京都の清涼寺にある釈迦像は三国伝来――つまり天竺から中国を経て日本に渡って来たという伝承を持つので、この像が一番お釈迦さま本来の姿に似ていると思われたのだ。そこでこの清涼寺の様式の釈迦像を作ったわけなのだが、様式は同じでも作る人によって感じはずいぶん違ったものになる。（例えば横浜の称名寺にあるのも清涼寺様式だが、極楽寺のとはかなり違う）中では、この極楽寺のが一番シャープで美しいと私は思うのだが……

このほか、ここには釈迦の十大弟子像などもあって覚園寺と並んで鎌倉彫刻の宝庫である。

さらに時間があったら、坂の下の切通しにかかる右側、人家の脇を入ったところにある上杉憲方《うえすぎのりかた》逆修塔《ぎゃくしゅうのとう》を見ていってもいい。均整のとれた宝篋印塔で、十四世紀のもの。この地方に残るものの代表作の一つといってもいいだろう。基台に刻銘があり、永和五年に憲方の妻が逆修のために建てたものとわかる。逆修というのは生前に死後のための供養をすることである。上杉憲方は、足利時代、鎌倉御所足利氏満の下にあって関東管領をしていた錬達の武将である。

ここから極楽寺坂を通るのは少し平凡すぎるので馬場ヶ谷をぬけることにした。稲村ヶ崎小学校のあたりまで戻って山に向って歩くのである。

月影地蔵

だいたい極楽寺は、もと北条泰時の別業《べつぎょう》（別荘）のあった所であり山一つ向うの大仏の裏山には北条政村の館があったといわれている。どちらにしても西の方から鎌倉に入ってくる入口にあたる所だから、北条一門でがっちり固めていたのであろうし、だからこそ有事の際に備えて馬ならしにも余念がなかったであろう。馬場ヶ谷という地名を持つ谷戸があるのもそのあたりの歴史を反映してのことと思われる。

が、いまはそのあたりまで住宅が建て混んでしまって、しばらくは、馬場の名にはふさわしくないたたずまいだが、しばらく行くと、家並が続くがほんの僅か以前の面影を残すところがある。右側は切り立った山肌、鳥の声もすき透って、谷戸いっぱいに響きわたる。しだいに山気が迫ってきた。

そこから道はしだいに急な上り坂になる。決して険しい上りではないのだが、みるみる高みに上ってしまう。そして、ある高さの所まで上って、今来た道をふりかえったとき、はじめて、私は、「馬場ヶ谷」という名前が理解できたように思った。

じつは歩きながら、内心、

「これで馬場といえるのかな」

と妙な気がしていたのだ。あたりの住宅をすべてないものとしても、割に狭い感じで、「馬場」という空間にはふさわしくないように思えてならなかったのだ。

が、ふりかえって見たとき、なぜか、この斜面を一気に馬を躍らせて馳せ下ってゆく武者の姿が実感できるような気がした。

春には緑にむせつつ、秋は紅葉に染まりつつ、そして冬は灰色の裸木、と岩肌にかこまれつつ彼らは馬を走らせたに違いない。しかもそれだけ業を磨いても、北条政権は倒れた。馬を乗る業ではせきとめ得ない時代の流れが鎌倉幕府を倒したというべきだろうか。

一番高い所には、水道局の配水池があるのでここを水道山と呼んでいる。その池の入口の階段に立って眺めると、ふとふしぎな感じがする。見渡すかぎり山また山、鎌倉の町はどこへ行ってしまったのか、と思うくらいだ。が、急な石段を下りれば大仏のトンネルの真上に出る。ここからさらに足をのばせば、〃大仏様のりぼん〃（81ページ参照）につながっている。

卯の花の匂う頃

私が歩いた道
極楽寺〜打越トンネル

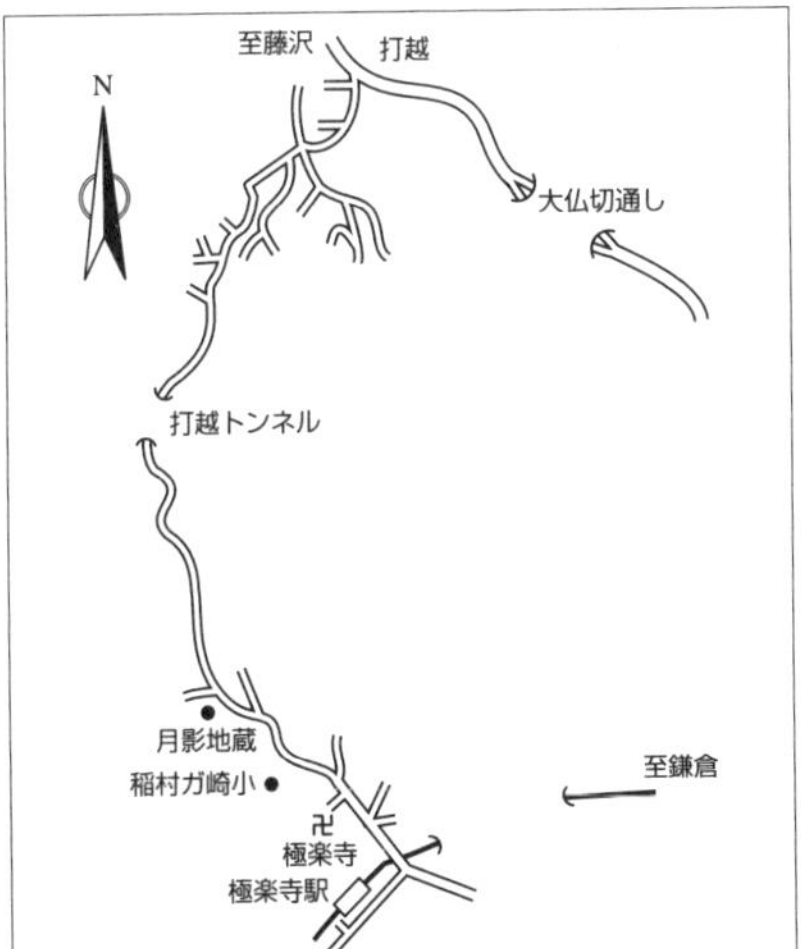

極楽寺から馬場ヶ谷をぬけるほかに、もう一つ、かくれ道とでも呼びたい道がある。大仏トンネルの外側の、打越という所へ出るもう一つのトンネルのことは、十年も前から噂には聞いていたが、そのありかがわからず、最近になってやっと念願がかなった。

偶然のことながら、タイミングとしては、いちばんよかった。そのトンネルの路すがら、道端は、ちょうど卯の花の盛りであったから……

ありふれた白い小さな花だけれど、惜しげもなく道の辺に咲き乱れるその花は、箱根うつぎとともに、鎌倉の初夏にはなくてはならない花だと思う。

馬場ヶ谷に入るときは、稲村ガ崎小学校の手前を曲ったが、それを曲らず、もう一つ奥を右へ入る。しばらく住宅が続き、*「この先車通行止め」と書いてある。

住宅地をぬけると、周囲を丘陵にかこまれた麦畑に出た。思いがけない別天地である。緑の丘陵から流れてくるのか、透明な水が音をたてて流れている。*いずれこのあたりも家が建ってしまうのだろうけれど、牧歌調の緑の風景は、このうえなくのどかで、心を休めてくれる。

小さな流れのそばに、思いがけず山かがしが、じっとしていた。

朱と茶の様子のはっきりした体をくねらせているのを見つけたと思ったら、一瞬するりと草のしげみにかくれてしまった。

そこから右の方へ小さな登り坂がある。*登りきるとまた小さな住宅地があり、右手

*この看板は現在ない。

*現在は住宅地になってしまった。

*一帯は現在、住宅街になっている。

極楽寺の前を走る江ノ電

はさらに小高い丘陵が続き、卯の花が散き乱れていたのはこの丘の裾だった。ひっそりと、ほの白い花房が、緑の木蔭から浮き出ている。

卯の花の咲き散る岡ゆほととぎす鳴きてさ渡る君は聞きつや（万葉集）

万葉人たちは卯の花を、とりわけ愛していた。そしてこの花が咲く季節に鳴いてはすぎてゆくほととぎすの声と組みあわせて多くの歌を作っている。が、この歌はただ季節の一致したものを取り合わせただけではないだろう。ほととぎすの声の背後にひっそりと咲いては散るほの白い小さな花がなければ、美の世界は完結しない。

丘陵には、狭い急な石段が折れ曲って続いている。かなり足が疲れるが木の間に透けて見える空の蒼さにひかれて上がってゆくと、新しい住宅地に出る。そこが丘陵の尾根になっていて、ふりむくと後に海が光っている。そのまま住宅地を歩くのも芸のない話なので、もう一つ下りの石段をみつけて降りてみると、その近くにお待ちかねのトンネルが口をあけていた。

車が通れるほどの広さで、中には三つ四つ螢光灯がとりつけられている。が、入口に木の枝や蔦を這わせて、鎌倉独特のトンネル*の姿である。

電灯がついていても、中はかなり暗い、左右のところどころがくりぬかれているのは、やぐらなのか、それとも戦争中の防空壕のようなものなのか。ひんやりと冷たい空気に身をつつまれて、そろりそろりと進む。すでに向う側の出口は見えていて、アーチ型にくりぬかれた緑が、ひときわ新鮮だ。

＊現在では近代的なトンネルになっている。

せいぜい長さは二、三十メートルだったろうか。トンネルを出れば打越の住宅地である。今まで南へ流れていた小さな流れが、今度は勢いよく北へ流れ始めている。歩いているうちに汗ばんできた。見上げた空は、ぬけるような蒼さであった。

新しい道古い道

私が歩いた道
鎌倉山〜七里ヶ浜〜竜口寺〜青蓮寺

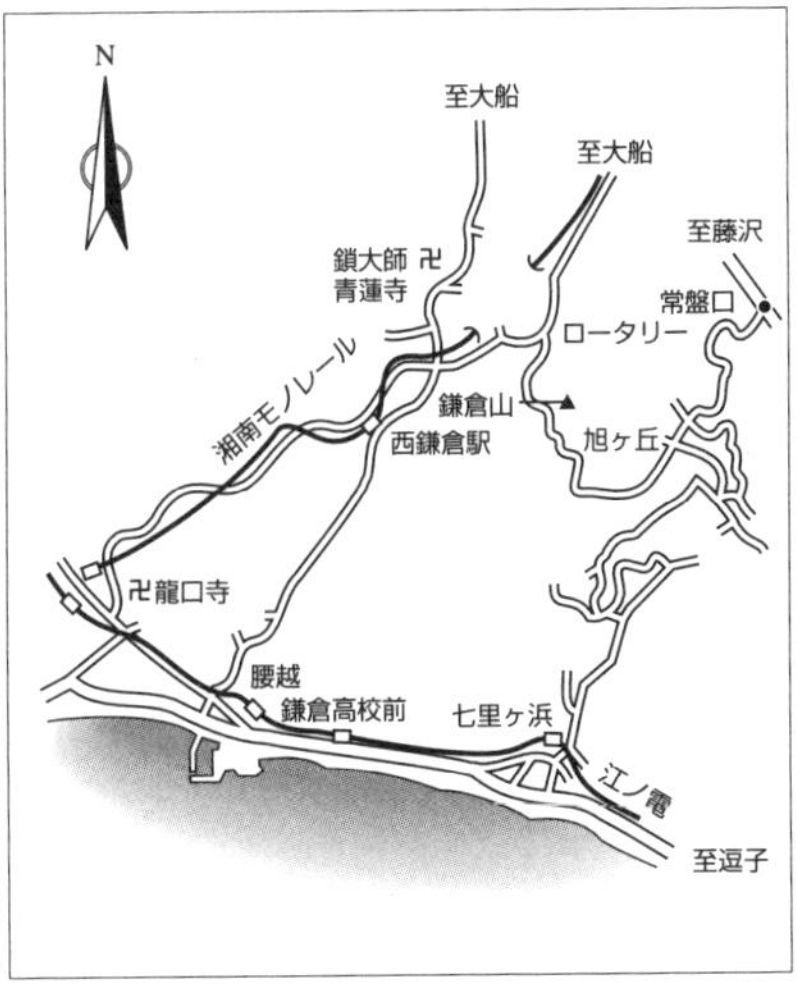

町の歴史とともに、滅びる道もあれば生まれる道もある。

新しく生まれた道は、私の住む鎌倉山から七里ヶ浜にぬける道だ。いつのまにか眼の下まで迫ってきてしまった海ぞいの団地を結ぶその道を発見したのは、数年前のことである。正直いって奇妙な感慨に襲われた。今まで別世界のように眺めていた七里ヶ浜の団地が、一足とびに近くなったこと、そしてそのことは、家から海への距離がぐんと縮まったことでもあった。

鎌倉から鎌倉山行きのバスを旭ヶ丘で降りて左の方へ入ってゆくと、道はやがてT字路

竜口寺。右手奥に五重塔の先端部が見える

にぶつかる。そこで右に折れて、住宅に沿った道を暫く行くと、突然眼の先に海の眺めがひろがる。そしてここから新しい道が開けるのである。

海はときにはやさしい灰色に煙り、ときには、まぶしいばかりの光の波をあふれさせている。私はここからの眺めが好きで、時間のあるときは、よくここまで海を見に来る。この道の突端にコンクリートの階段があり、ここから団地の中に降りてゆけるし、江ノ電の七里ヶ浜の停留所も、そう遠くもない。

私は散歩専門なのでこの階段を下りるが、車の場合は先刻のT字路を左に折れ、道なりに進んで旭ガ丘の突端近くまで来ると、右へ折れる道があり、団地の方に下りてゆける。この右に折れるあたりの数十メートルが、軽井沢にでもありそうな木立の中の道なので気持がいい。

少し前にこの道を歩いていたら、リスがチョンチョンと木の枝を登っていた。

鳥よりはややけたたましく、犬にしては少し甘ったれたその鳴き声が彼のものだと気づくには多少時間がかかった。煙るような青灰色に見えたのは、夕靄の下りはじめた時刻だったからだろうか。

まだそのころは自動車が通れるほど整備されていなかった道も、今はすっかり舗装されてしまった。車の往き来の多くなった今は、あの木立も、リスにとって安住の地ではなくなったかもしれない。そうだとしたら、かわいそうなことをしたものである。

団地に降りてから、時によっては海岸を江の島まで歩く。海の季節の前には、人影も少なく、潮の香もゆっくりと味わえるような気がする。ここから江の島までの海は割合単調だが、波歌を耳に、ぶらぶら歩きをするのは、疲れをいやすにはうってつけだ。

ついでに江の島までいって、ヨットハーバーの裏手の防波堤にのぼると、はじめて海は少し荒々しい素顔を見せてくれた。波の中に見えかくれする岩を噛む白い波頭、ひっきりなしに揺れる海面、ここではもう海は眠ってはいない。

江の島の帰りに竜口寺に立寄る。日蓮が法難をうけ、危うく命をまぬがれた史跡の地である。もっとも侍たちが日蓮を斬れなかったのは、天変地異のためではなく、時の執権北条氏の夫人が懐妊したので、殺生の罪を犯すことを忌むことになったかららしいのだが……

ともあれ、緑のしじまから姿をのぞかせている塔*は、鎌倉の風物の中では異色である。銅葺の屋根がほどよく緑青を噴き出して、あたりに折りかさなった樹々の緑の濃淡の中できわだって美しい。

特に小高い林を背にしたその位置は、みごとな計算の上にえらびとられたという感じを

*五重塔。明治四十三年に完成。

深くする。階段を降りかけてふとふりかえったら、この塔と対照的に、左手の山の中から、突端を金色に輝かせた白亜の塔が姿を現わしていた。南方のパゴダふうのそれは最近建てられた仏舎利塔らしい。真新しい白い壁は鈍色《にびいろ》の雲を背影に、ますますあざやかに浮きあがって見えた。

この竜口寺からバスに乗った。鎖大師《くさりだいし》でおりて、大師の寺である青蓮寺の方へ行こうとしてふと右手をみると小さな道がみえた。

この道を少しゆくと右側に深い切通しがあった。両端の岩壁が屹立し、木の葉が両脇から天をふさいでいる。鎌倉でも最もけわしい切通しのなごりであろう。

三方を山にかこまれた鎌倉に入るためには、とにかくこうした切通しを通る必要があった。暗く険しい切通し——それはすなわち天然の城壁でもあったのだ。

中世にはヨーロッパや中国では、町を城壁でかこんだが、日本ではついに町ぐるみかこいこむということは行われなかった。その中で鎌倉だけは、天然の城壁を持つ珍しい町といえるかも知れない。

が、いまその城壁の必要性がなくなって、ところどころにこうした姿をとどめるだけになった。青葉にかこまれたほの暗いこの道は、道というより、むしろ「道のかたみ」と呼ぶべきなのかもしれない。

海の素顔

材木座海岸

祇園山遠景

私が歩いた道
大巧寺〜
常栄寺〜
八雲神社〜
祇園山〜
腹切りやぐら

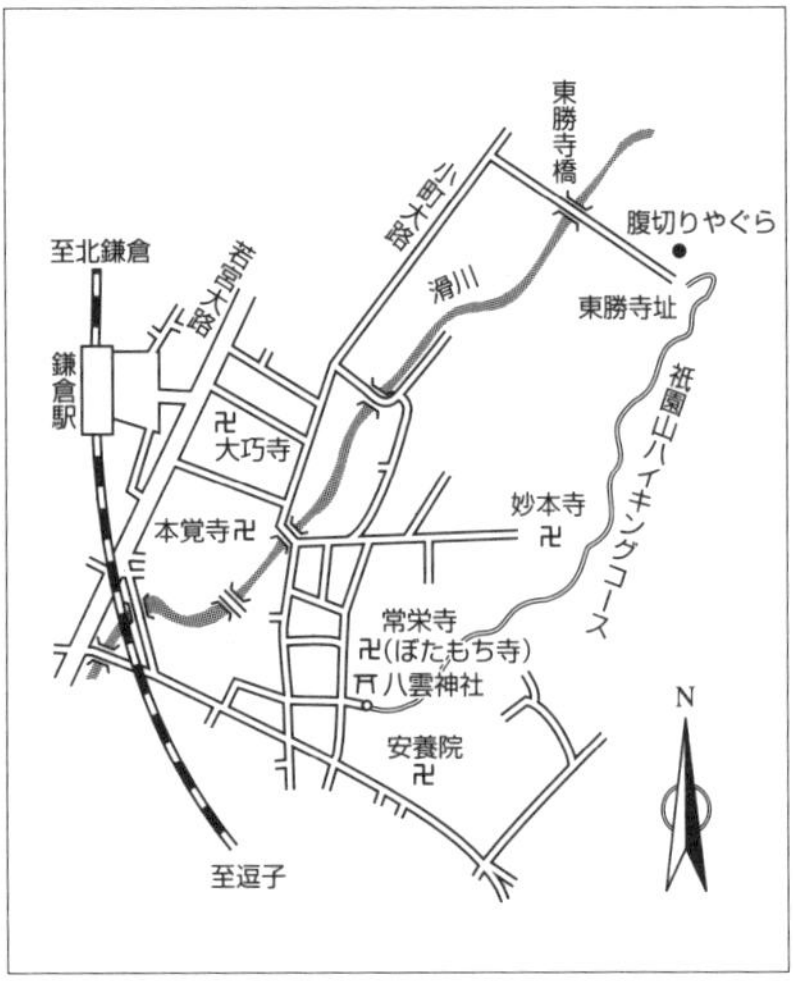

冬晴れの一日、祇園山ハイキングコースを歩いた。散歩を終ったときのことから始めよう。

「いま祇園山コースを歩いてきたところです」

顔をあわせた鎌倉育ちのある紳士にそういったら、即座にその方は言われた。

「鎌倉でいちばん眺めのいいコースですからね、あれは」

私の感想もまさにその一語につきる。鎌倉が三方を折れ曲った屏風のような山にかこまれていることは誰でも知っているが、祇園山コースでは中でも屏風の中央に突き出た部分の上縁を歩く。それも直線コースではないので、折り畳まれた山ひだにそって廻り廻ってゆくうち、鎌倉のさまざまの風景を眼にすることができるのである。

今度は、駅の正面、「おんめさま」を起点にしよう。小ぢんまりとととのった境内に、冬の陽ざしがやわらかい。

おんめさまは「産女さま」で安産の守護神さまである。ここ大巧寺《だいぎょうじ》の日棟《にっとう》上人が、昔、難産で死んだ女性の亡霊を回向してやったために、その法華経の功徳《くどく》によって地獄の苦しみを逃れた女性が女性のための産女霊神になったのだという。

「おんめさま」をぬけて、妙本寺の前を右にまがって、ぼたもち寺*を過ぎると、八雲神社がある。昔はこの辺は商人や職人の町で、お祭りには派手におみこしをかつぎ出したらしい。それがちょうど材木座の五所神社の祭礼と同じ日なので、両方で派手におみこしのぶつけあいなどもあったという。この神社の裏山に登ってゆくのが祇園山ハイキングコースである。

登り坂はちょっと急だが、そう歩き難くはない。それに登るにつれてぐんぐん視界がひらけてゆく楽しさにつられて、思わず足が進んでしまう。一、二分後には、もう私たちはかなりの高さに上がっていた。

「わあ、きれいだ」

自然に歓声をあげたくなるほど、くっきりと由比ヶ浜の海岸線がみえ、白い波と青い海

＊常栄寺のこと。日蓮宗。開山は慶雲院日祐。

腹切りやぐら

が、視界いっぱいにひろがる。海岸からびっしりと平地を埋めている家並み、そのなかを横須賀線の電車がさっと横断してゆく。

またぐんぐん登る。ちょっとした平地に出る。かなりの急傾斜でなだれている山肌は、いまは枯葉で蔽われているが、見れば桜が二、三十本。春先は俗界から切り離されたこの花の小天地が横須賀線で逗子に行くときにちらりと見えて印象的だそうだ。

平地に出たら右に行くと、まもなく祇園山の頂上……。ちょうどこのあたりは、安養院や別願寺の上にあたるらしい。下界の騒音はかなり伝わってくるが、稲村の鼻先、由比ヶ浜、そしてまわりの山なみ、と鎌倉の美しさを心ゆくまで楽しむことができる。

それから尾根づたいに妙本寺の方へ向う。山ひだの畳まれ方によって景色がぐるぐる変わってくるのもこのコースの楽しさであろう。

やがて左手の山の中腹に八幡様*の青瓦が見えてきた。ふだんは下から見あげるので、銅葺の屋根の美しさをつい見落しがちだが、緑色の樹々のしじまに埋めこまれたその色と朱色の鳥居がじつに美しい。

さらに西の山のなかには長谷寺の屋根、光則寺の尾根も見え、私の住む鎌倉山の林間病院の太い煙突のついた赤屋根も見えるのには驚いた。この尾根は、鎌倉中央部にぐっと突き出た感じなので、東西南北のどの景色も見えるのだ。

だからさらにすすむと、右側に名越の谷戸の家並みが見えてくる。つまり、この尾根を中心に、蝶が羽根をひろげたように、鎌倉の家並みが拡がっているのだ。

幸い道はよく整備されている。左右の景色を楽しむのもいいし、気のあった同志で語りあって行くのもいい。黙っていれば、さまざまの鳥の声が心をやわらげてくれるし、つややかな椿の葉や、道端に落ちこぼれた小さな実生《みしょう》の樹のいのちをいとおしんでゆくのもいい。鎌倉の町のありようも、自然の息づかいも、この道を歩けば、すべてを味わうことができるわけなのである。

道はさらにすすめば釈迦堂口まで通じるらしいが、整備してあるのは東勝寺橋への降り口までで、まずそこで降りた方が無難である。

降り口の途中には、鎌倉末期に新田義貞の攻撃をうけて北条高時以下が自刃したという腹切りやぐらがある。じつをいうと高時が自刃したのはここではない。少し降りたところの東勝寺なのだが（106ページ参照）、東勝寺の奥にあたるこのあたりのやぐらも、北条氏ゆかりのものであるかもしれない。いまやぐらのなかには、宝篋印塔や五輪塔をよせ集め

＊鶴岡八幡宮のこと。

た石が、つみかさねられている。注意してみるとその下の崖にも、なかば埋まったやぐらがのぞいていて、このあたりの解明はこれからの調査にまたねばならないようだ。腹切りやぐらから下りの坂道を歩いてゆくと、滑川《なめりがわ》にかかった東勝寺橋に出る。

さまざまの歴史を秘めた滑川は、昔の面影はなくしてしまったようだが、でも、橋のほとりの風景には、鎌倉以外では見られない表情がある。

流れに身をのり出すようにして静かな影を落す大きな樹々たち。葉を落した裸の梢を通して冬の陽ざしがやわらかだ。ピイッとするどいさえずりは、もずだろうか。昔はこれから手前が北条氏が最後に立て籠るための詰《つめ》の城の東勝寺だった。なるほど、東勝寺橋をひいてしまえば敵はどこからも攻入れない。橋の手前を左に曲って住宅地を通りぬけると、道は次第に上り坂になる。新しく家が建てられたらしいその一角に、肩をすぼめるようにして墓地が残っている。*

ちょうどこのあたりは、妙本寺の裏手にあたるのではないだろうか。一見なにげない住宅地だが、この坂を登りつめるとトンネルである。

入口にしっかりした石積みがあるところをみると、古い時代のトンネルではないのかもしれない。戦時中には、ここに高射砲の陣地があったそうな。車がゆっくり通りぬけられる幅があるのはそのせいかもしれない。

トンネル入口の左側は切り立った崖だ。陽のあたらないそのあたりには枯れ残った雑草

*現在は住宅街になっている。

東勝寺橋と滑川

の緑がひどくみずみずしい。なにやらそこだけすべての季節からおきざりにされている感じである。

トンネルの入口に立つと、向う側の景色が馬蹄形に切りとられて、眼のなかにとびこんでくる。この散歩の楽しさは、この瞬間にきわまるといってもいい。陽ざしをあびて、道の向うの樹々が青味を帯びた暗緑から、黄味の濃い明るいグリーンまで、さまざまのニュアンスをみせて、小世界を形造っている。

たった二十数メートルのことなのに、ひどく遠い幻の世界を見るような、そこからむこうは、ヨーロッパの風景ででもあるような錯覚に捉えられる。まさしくその色調は名画に見るヨーロッパの田園そのものなのだ。

この演出者は、やわらかい冬の陽ざしだ。だからここを歩くのは、お天気のよい冬の日に限るのである。じつは向うに出てしまえばなんのことはない陽だまりの住宅地なのだから……。それを一幅の絵に変えているのはその陽ざしとトンネルの暗さだ。だからその中を私は一歩一歩惜しみながら歩く。*

トンネルをぬけ出ると左側にさっき見えた妙本寺の背中にあたる稜線が見えてくる。その上にひろがる群青の空の色の濃さ！　鎌倉にはまだ空が残っているんだな、と思うのはこんなときだ。

坂道を下って名越に出て、大宝寺から佐竹屋敷あとへいってみた。大宝寺は、住宅街の

*トンネルを挟む周辺の風景は、当時とは大きく様変わりしている。

なかに、静かにおさまっている感じの寺である。天水桶の日の丸の紋が珍しかったので、伺ってみたら、佐竹の紋だという。このあたりは新羅《しんら》三郎《さぶろう》義光《よしみつ》の子孫の佐竹氏が住んだと伝えられる。ところでこの佐竹氏の本流は頼朝政権の草創期に頼朝によって滅ぼされた。これはむしろ頼朝の発意というよりも関東武士団の意向に引っ張られての攻撃だった。

旗上げに成功した頼朝はすぐにも都へむかいたかったのだが、

「まず佐竹を討って関東での対抗勢力をつぶしてから」

と迫られて方針を変更したのだ。たしかに佐竹氏は新羅三郎義光の子孫だから家柄も頼朝にひけをとらない。彼らにのさばられては、困るであろう。と同時に、関東武士団は、この際頼朝をかついで佐竹をやっつけ、その所領を分けあおうというつもりでもあったらしい。

大宝寺の裏にはこの佐竹氏の一族、常光の墓と称する宝篋印塔がある。墓地の近くまでぐるりと住宅が迫っているが、細い階段を墓の前まで上がってゆくと、さすがに静けさは残っていて、ふたたび鳥の声がしきりにした。

辻説法址から

私が歩いた道
辻説法址〜本覚寺〜妙本寺〜常栄寺

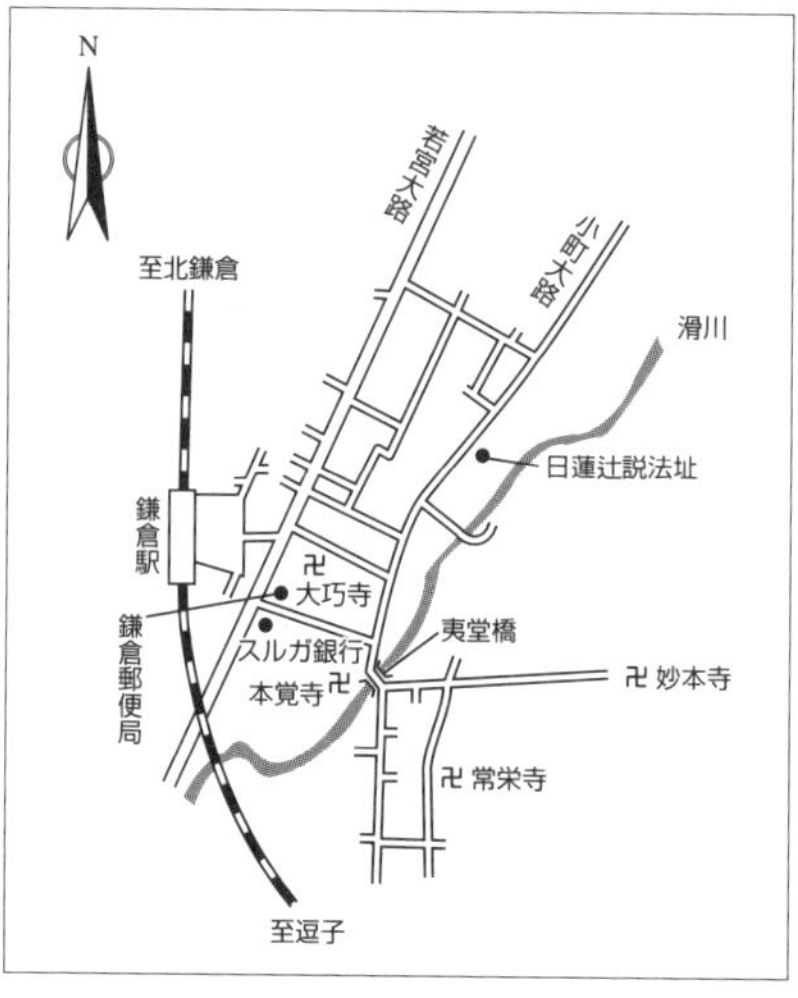

日蓮上人にとっては鎌倉は恨みの地であるはずである。宗教改革を叫んで起ちあがり、そのため数々の迫害をうけたのは、まさにこの地においてなのだから。が、その鎌倉には日蓮ゆかりの寺がかなり多い。生前、迫害をうけたその地であるゆえに、かえって聖地として記憶されるようになったということなのだろう。

今でも信徒の方々の日蓮聖人霊跡めぐりというのがあって、そのためのパンフレットまでできている。私は信者ではないが、夏のある日、そのコースの一部を歩いてみた。

鎌倉駅から若宮大路に出て赤い鳥居の傍で右に曲る。雪ノ下教会の前を通りぬけて、丁

辻説法址

字路を左折すると右手にあるのが辻説法址だ。ここを鎌倉では「辻説法」とだけいう。いわば一つの地名になって「辻説法の近所の××さん」という具合に使うのだ。それだけここが有名でもあり、また日蓮という存在が親しみやすくなっているのかもしれない。住宅地にかこまれた一角に所狭しと大小の碑がいくつか並んでいる。若宮大路の喧騒にくらべて、静まりかえったこのあたりは、絶好の散歩道だったが、今はけっこう車の往き来が激しくなった。

ここは日蓮の歴史の発祥の地だ。ここで日蓮は日本の危機、仏教の危機を説いて人々に呼びかけた。当時武家屋敷と町家が境を接していたこの附近は、日蓮にとって大衆教化のためにも、また支配階級へのデモンストレーションのためにも絶好の場所だったのである。

緑にかこまれた石碑のうちの一つに、「日蓮大士」とあるのも今となっては物珍しいよび方だ。

日蓮は日本では珍しい攻撃型の宗教家だ。彼は実に壮烈に既成宗教を批判する。

「念仏無間　禅天魔　真言亡国　律国賊」念仏など唱えてい

れば無間地獄へ落ちるし、座禅は天魔の所為というわけだ。真言宗も律宗も彼にとっては形なしだ。彼はなかなかの名文家でもあったからこの辻に立って火を噴くような名演説をやったに違いない。いまこの説法址の記念碑の立つ敷地内には、夏草が所々に伸び、手入れが完全とはいえないが、石碑に小銭が供えられてあった。日本には稀な迫力ある宗教運動を展開した彼の息吹は、現代でもまだ生命を失っていないらしい。

通りを南へ歩いて行くとまもなく道がわかれるあたり、本覚寺の前に出る。昔はここに鎌倉鎮護の夷堂《えびすどう》があったという。*佐渡に流された日蓮が許されて鎌倉に戻ってきたとき滞在した故地であり、のちに身延《みのぶ》から日蓮の遺骨を分骨して、「東身延」とよばれるようになった。

鎌倉には珍しく明るいたたずまいを見せる境内に鳩が群れていた。古様を残す釈迦三尊を安置する本堂の木組みはなかなかみごとである。震災の年に完成し、その直後災禍に遇って再建したものだという。庭では、あじさいの花盛りだった。久米正雄、高浜虚子、星野立子、その他の方々がここに寄ってこのあじさいを詠まれたこともあったとか、風雅だった鎌倉のありし日を知っているその花は、今の鎌倉の混雑、繁昌ぶりをどう見ていることか。

ここは刀工正宗ゆかりの地でもあり、境内には、大きな供養塔も見える。

本覚寺門前から川を渡る。夷堂があったところから夷堂橋と呼ばれている橋を渡ってまっすぐ行くと突き当りが妙本寺だ。丈高い杉木立、さわやかな風に枝をならす欅。ここは

*現在の夷堂は昭和五十六年の建築。

妙本寺

うって変って深い緑につつまれた幽邃の地だ。

私にとってはなじみ深い所である。鎌倉時代、二代将軍頼家の姻戚として勢力を握った比企能員《ひきよしかず》は、ここを本拠とした。比企氏は頼朝の乳母の家で、頼朝は二十年の流浪生活の間、この乳母から生活の資を得たらしい。その恩義に感じてか、彼は鎌倉に本拠をかまえたとき、一等地を比企氏に与えたのであろう。ふところの深い四方のよく見える高台だ。しかも、頼朝の子頼家の妻は比企能員の娘だから、頼家が二代将軍となると側近第一号としてますます勢力を持つようになった。

この頼家―比企ラインの台頭を快く思わなかったのが北条一族である。それまでは頼朝の妻の実家として権勢を誇っていたのだが、次第に比企氏にその座を奪われそうになった。これに苛立った北条氏は頼家が病気になり、危篤に陥ると意を決して比企氏に決戦を挑む。このことは〝謀叛と執念の道〟（45ページ参照）でふれておいた。北条氏は名越の館に比企能員をおびきよせる。一方で小町の館からこの妙本寺にある比企館に兵をさしむけたに違いない。この北条の小町の館は宝戒寺の所にあった。宝戒寺からこの妙本寺まで距離はいくらもない。「比企の乱」と大げさにいわれているその争乱も、いまから見れば大した戦いではなかったかもしれない。

ともあれ比企氏はほろんだ。戦いのさなか焼け落ちた館のあとに、のちに一族の能本が法華堂を建てた。ここが、日蓮宗の寺のいとなまれた最初の地だというので「宗門発祥の道場」とよばれているとか。欝蒼としげった樹々の下のしだやしゃがの緑は夏のひでり時にも、濡れたような蒼色を含んでいる。現代の都塵を全く知らない色である。

安らぎを求めるのなら本覚寺の明るい境内へ、物思いにふけりたかったら妙本寺へ——日蓮信徒であると否とにかかわらず、鎌倉での手ごろな散歩道ではあるようだ。

それにくらべて「ぼたもち寺」の常栄寺は庶民的な、ひそやかなたたずまいの寺だ。日蓮が竜口で法難に遇おうとしたそのとき、ぼたもちを供したという桟敷《さじき》の尼の故地に建てられたこの寺では、いまでも毎年その日には、*ぼたもち供養が行われるという。その日がくるまで、ささやかな境内は眠ったようにひっそりしていた。耳をすますと、透きとおるような鳥の声がしきりに聞えてくる。

*ぼたもち供養は毎年九月十二日。

聖域の蝉しぐれ

私が歩いた道
常栄寺～
大町四ツ角～
妙法寺～
安国論寺～
長勝寺

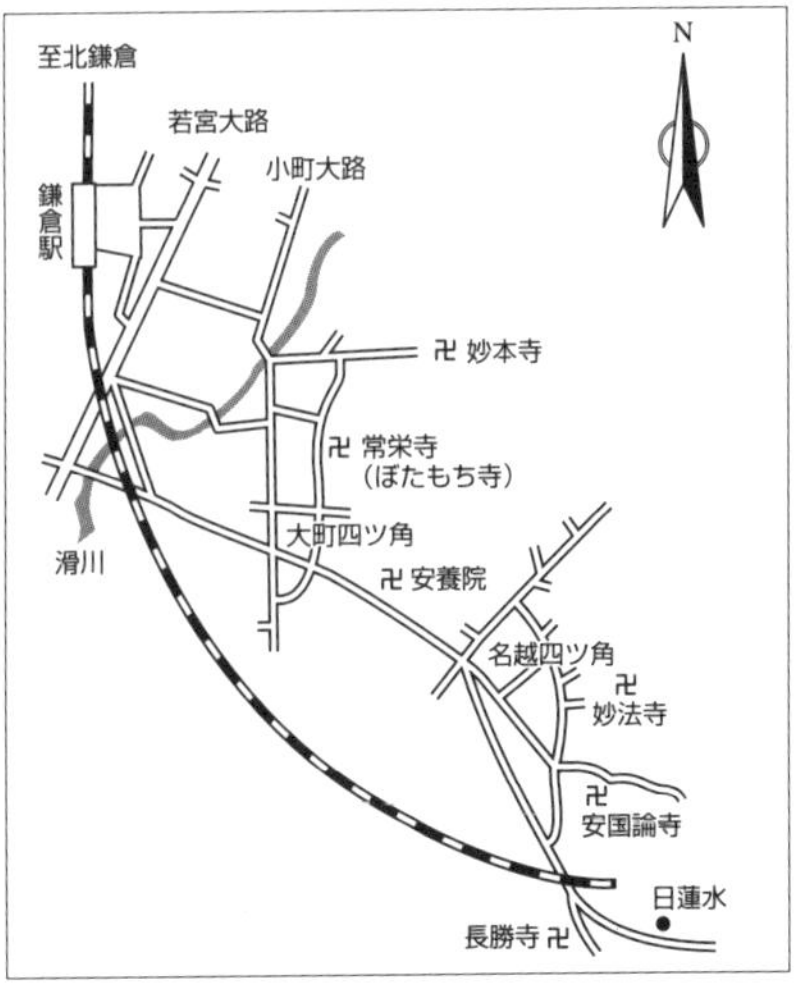

ぼたもち寺の前の細い道を南の方へ歩いてゆくと、大きな通りにぶつかる。ここが大町四ツ角である。これを左に折れるとやがて名越《なごえ》四ツ角、そこから山裾に入ってゆくと日蓮ゆかりの寺が並んでいる。その一つ、妙法寺*は、まばゆい緑の世界である。寺の入口あたりの緑は、古木がないせいか、大変あかるい。久しぶりに来てみたら、石畳の道の両脇のあちこちに石が置かれ、それにいろいろ名前*がつけられてあった。

「紫煙」「大道」「双燕」——

花にいろいろ名前をつけるように石にも名前をつけたのだそうである。

*参詣できる期間、日時は季節により変更があるので確認が必要。

*現在、石に名前はつけられていない。

庫裡に頼んで、苔石段*への道をあけてもらう。階段を上ると、急にあたりの緑の色が変わった。青みを帯びたその暗さ、ふと立ちつくしていると、その青さが、じわじわと指先ににじんでくるような気がした。

眼の前に、苔石段が続いている。その脇にもう一つ石段がある。苔石段を踏ませないための配慮である。階段を上れば法華堂、鐘楼がある。苔石段はいつ見ても美しい。ここまで石を蔽いつくしてしまうと、もうそれは苔でも石でもなくなって、ただただ、緑の世界である。その緑の色を見るだけで、心がなごむ。さらに石段を上って法華堂、鐘楼を廻り、上から苔石段を見下すとまた緑の色が違って見えるからおもしろい。

妙法寺を出て安国論寺に行く。短い階段を上ると、ここも緑がまぶしい。妙法寺より眺望がひらけていて寺の背にひろがる丘陵の緑が風の中できらきら光る。

境内の一角に、小庵、法窟《ほうくつ》、熊王尊殿《くまおうそんでん》がある。法窟は大正の大震災で原形を失ったものを昭和三十三年に復興したものだという。

ひんやりした石窟*の中は、岩の間から滲み出した水に潤っている。近ごろは、ここに来て瞑想にふける学生もあるとのこと。鎌倉にはこうした石窟はほかにもかなりあるが、この中は、ひときわ身のひきしまるような峻厳な気配があった。

石窟の正面には、日蓮の小さな像が安置されている。昔はこの前に井戸が掘られてあったのだが、石窟を復興したときに埋めて、わずかな浅いくぼみが造られ、そこに水がたたえられてある。寺の方のお話だと、ふしぎなことに、雨が降る前には、ここにたたえられ

＊苔の石段は、非公開。

＊石窟は、現在、非公開。

長勝寺。中央は日蓮像

た水が干上ってしまうのだそうだ。「気象庁の予告よりも、ずっと正確ですよ」と笑っておられた。

外に出ると、蝉の声がしきりにした。ふところが広くしかも、まわりを低い尾根にさえぎられているために、ここに一つの小宇宙がある、という感じがする。妙法寺が歩きながら物を思う寺だとすると、この安国論寺は、じっと坐って、空をみつめ、我々の生きる宇宙について、純粋に、そして厳しく考える寺だという気がする。

寺を出て、いったん表通りに出て踏切りをわたり左へ入ると、日蓮水がある。日蓮がはじめて鎌倉に来たときに湧き出したという伝説を持つ水である。当時、鎌倉にはろくな水がなく、それだけに、たまたま掘りあてられた井戸水は、「名水、名井」として評判になるのだが、このあたり一帯は日蓮にゆかりの深い所だけに、その名がつけられたものなのだろう。

日蓮水から長勝寺まではほんの一、二分だ。私はここに来てはじめて今までと少し違った寺の姿にぶつかった。突き当りの本堂には、信者らしい女性の方々があふれんばかりに群れている。何か法会でも行われるのか、あるいはその準備なのか。寺のたたずまいは平凡で、とりたてて美しい緑があるわけでもないが、一般の人々の信仰の中心としての活気が感じられた。

ここには県の文化財に指定されている法華堂がある。忙しそうな寺の方々の様子に遠慮して私たちは松葉ヶ谷《まつばがやつ》山上に上がった。高村光雲作の辻説法をする日蓮の巨像がある。＊周囲は見晴しのいい墓地だ。

頂上にたどりつくと、鎌倉の海は一目で見渡される。微風が頬に快い。寺はそれぞれに、鎌倉に来た日蓮の、受難や立正安国論執筆、説法にかかわりある歴史を持つようである。日蓮学者でない私は、くわしいことはわからないが、今ここに立ってみると、この地がまぎれもなく、宗教改革者だった彼の支えであったことが理解できるような気がする。

もちろん、寺の姿は当時と変っているかもしれないが、それにしても、それぞれが、日蓮の息吹きを——静かな瞑想と、きびしい求道を、旺盛な布教活動を今にうけついでいるように思われておもしろかった。

＊日蓮の巨像は、現在、本堂の前に移されている。

お猿畑

私が歩いた道
鎌倉駅～妙法寺～安国論寺～長勝寺～お猿畑

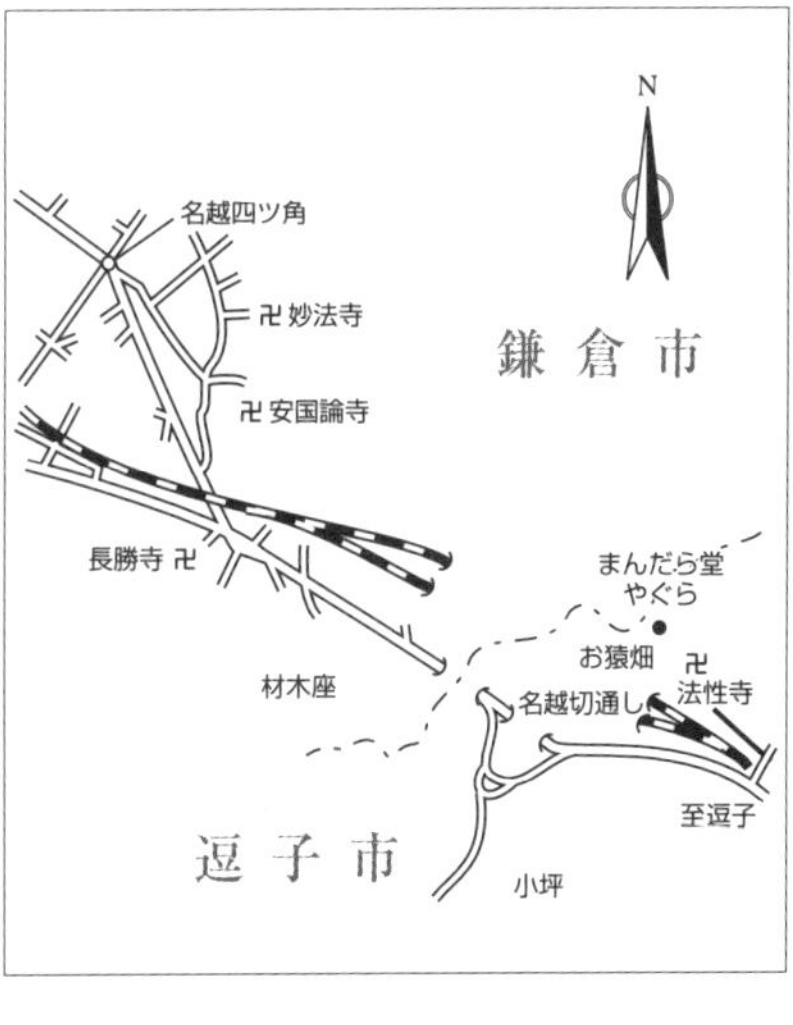

長勝寺を出て、さらに道を進んで大小のトンネルをくぐると、左手に踏切がある。それを越すと、もう法性寺の門は眼の前である。

正確にいえば、もうここは鎌倉ではない。名越《なごえ》のトンネルの中央あたりで逗子に入ってしまうらしい。門をくぐるとかなりの傾斜の坂道だ。つま先上りに登ってゆくと、静かなたたずまいの本堂がある。背後の尾根は春は桜で埋められて美しいところである。

本堂の右側をさらに登る。道は二つに分れて、かなり急な階段と、だらだら坂の迂回路になっているが、どちらもよく整備されているので、思ったよりらくに登れた。

日朗の庵所

まもなく頂上に出る。視界がぱっとひらけて別天地にいると感じるのはこのときである。物音ひとつしない高台に、小さなお堂が二つ、その一つが、日蓮の高弟で、師孝第一（もっとも忠実な弟子）といわれた日朗の庵所である。この日朗も、鎌倉には縁の深い僧侶で、長谷の光則寺には、彼がとじこめられたといわれる土牢があるのはご存じの方も多いと思う。

堂の左手には石窟がある。これが、日蓮が難を避けたという岩屋らしい。中には五輪塔が安置されている。松葉ケ谷《まつばがやつ》で焼打にあい、日蓮は、山一つ越えてここに逃れたらしいのだが、このとき、猿が手引をした、というのは、おそらく、山王権現《さんのうごんげん》の加護を象徴しているのだろう。猿は山王権現の使いといわれているからだ。

もともと日蓮は天台で学び、その法華経第一主義は、天台教学の中の法華信仰からきたものらしい。あれだけ他宗の悪口を言っている彼が、天台宗をやっつけないのはそのためである。いやそれどころか日蓮は自分の考えこそ天台の流れを汲み、それを発展させたものと考えていた。ところで天台宗の総本山の比叡山の鎮守は日吉《ひえ》神社、山王権現である。各方面からの迫害をうけた日蓮はなおかつ、「われこそ仏教の正統をつぐもの。仏神の加護われにあり」と信じて疑わなかったのではなかろうか。

が、とにかく、ここに立ってみると、猿が本当にいたかどうかなどということはどうでもよくなる。

あるのは静寂の別天地である。その背後を、ふしぎな海蝕のあとをみせる岩肌が、屏風のようにかこんでいることにも、さらに怪奇な思いをそそられる。この風景は鎌倉のどこにもない。

海蝕層と日朗の廟のある高台の内に、小さな墓地と、ひとにぎりの畑があった。春先に訪れたとき、わずかに人間の匂いを感じさせるその畑では菜の花が真盛りだった。怪奇な岩のほとりのそれは、植物であるというよりも、黒褐色の幻想の世界にぐっと一筆黄金色の絵の具をひいたような、奇妙に抽象的な美しさを感じさせた。

墓地の背後には海蝕のはげしい岩肌がもう一つあった。さらに尾根に登り、できれば日蓮の逃れた道を逆行してみようと思ったが、これは徒労に終った。どうやら道は中途で消えてしまっているらしい。笹が深くて、これ以上進むのは無理だった。

後もどりして、もう一度高台に出た。眼ざわりな宅地の広告の向うに、きらりと逗子の海が光っていた。

海の素顔

私が歩いた道
辻の薬師堂〜光明寺〜和賀江島〜小坪

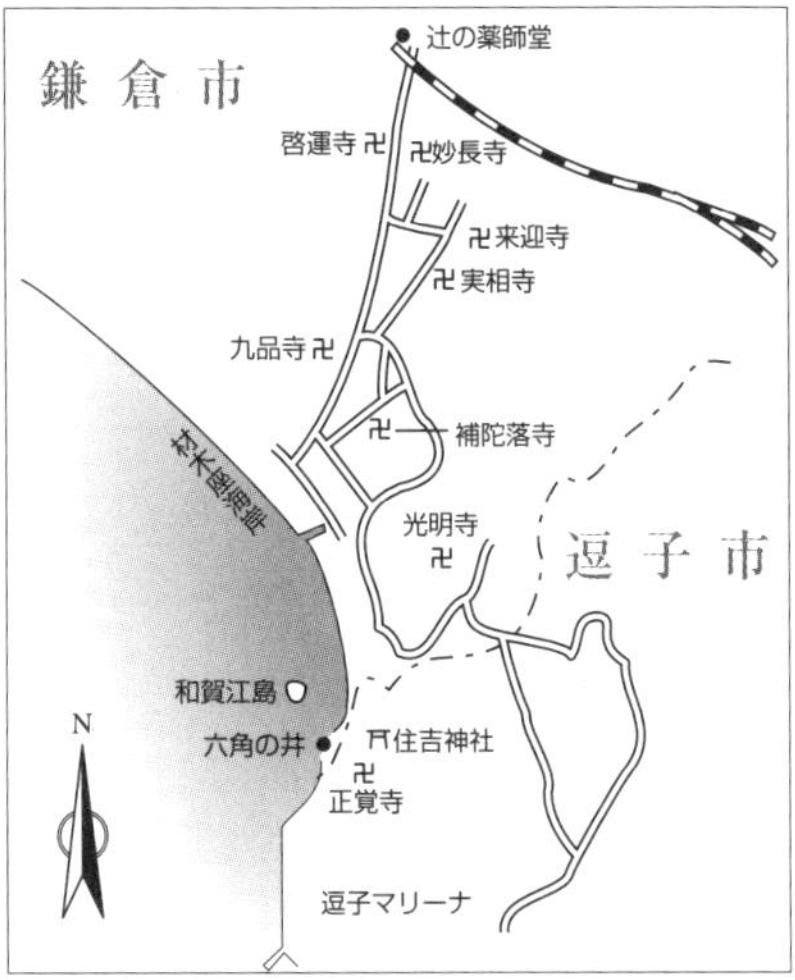

鎌倉の数多くの寺の中で「海の寺」と呼べるのは光明寺である。この寺を訪ねるのは蓮の花の盛り、七月ごろがいいのだが、わざと時季をはずして、早春のある日、行ってみた。駅から郵便局の裏手を通って大町四ツ角へ。このあたりは、鎌倉時代から、町屋——商家の並んでいたところである。道の右手に町屋址という石碑があり、踏切の近くには辻の薬師がある。

うっかりすると通りすごしてしまいそうな小さなお堂——しかしここの薬師と十二神将は、鎌倉でも指折りの名品の一つ、本尊は鎌倉では数少ない平安後期の作である。おだやかな面貌の中に、古様の風格を漂わせる表情は、大きなお寺にでも安置されていたら、鎌倉古寺巡礼のハイライトの一つとなるところなのに、これを目指して来る人はほとんどいないらしい。この日も堂前には、つけられたままの電灯が一つ、かえって昼の明かりの中ではわびしさをさそう。お堂によりそうようにして立っているイチョウ*の幹もまだ裸のままで寒々しい。

*現在、イチョウの木はない。

線路を越すと材木座である。妙長寺の少し先から左へ入ってみた。落ちついた鎌倉独特の住宅街を歩いてゆくとT字路にぶつかる。海は右へゆけばいいのだが、ちょっと廻り道をして左へ行ってみた。数年前名越の山の方から降りてきた道ではなかったかと思ったからだ。が、どうも記憶ちがいか、あるいは道が変ってしまったのか、少し上り坂が続いてゆきどまりになってしまった。

が、これもあながち無駄足ではなかったかもしれない。山肌が迫ったこの小天地の静かさ、通りすがりの一軒のお宅の垣根のボケは、青白い蕾をふくらませていた。小枝の先々まではりつめたような精気に、もういよいよ春が近いのだな、と思ってよく見たら、枝先にたった一つだけ三分ほど開いた白い花があった。

坂道を戻って材木座海岸へ。光明寺の大屋根はもうすぐだ。門の大きさ、仏殿の前の庭の広さ、風格としては鎌倉一、二の寺である。それもそのはず、江戸時代に大名の菩提寺となっていたのはこの寺だけなのだから。

もともと、この寺は浄土宗の中では京都の知恩院に次ぐクラスの格式を持っていた。家康が、芝に増上寺を開くまでは、少なくとも関東随一の寺だったらしい。ここが九州砂土原の内藤家の菩提寺になったのもこのためである。

いまその名残りをしめすのは寺の一角をしめるその墓石群だ。さらに本堂の背後には江戸ふうの大きな庭園があり、池には夏、紅白の蓮が咲く。このほかにこの寺には見えざる文化遺産として「声明《しょうみょう》」が伝えられている。先に国立劇場でも紹介されたが古来の伝統を受けつぐ宗教的声楽——といったらいいだろうか。鎌倉にいてもなかなか聞けないのは残念なことだが。

それにもう一つ、歴史の伝統とは無関係だが、ここのあじさいも美しい。明月院のは山蔭でしかもブルーが多いが、この寺の南向きの切立った崖を埋めるそれは、色もとりどりで、油絵の具を塗ったように明るく華やかだ。

光明寺を出て後の山へ上ってみた。内藤家の大名墓はむしろここからよく見える。さらに上ると寺の大屋根越しに見える海の姿が美しい。ゆるやかな曲線をえがく、材木座から由比ヶ浜、そして稲村ヶ崎も江の島も、一目で見渡せる。*白い波頭がくっきりと海岸線を描いてみせてくれるこの鎌倉の海は、いかにもおだやかでやさしい。

ただ歴史的にみて残念なのは、稲村ヶ崎のところの切通しである。岬の中途ですっぽり切落してしまったので、稲村ヶ崎が鎌倉にとってどういう意味をもっていたかは、その所を想像で埋めなおして眺めなければならない。

「あそこはトンネルにすべきでした」

＊「かながわ景勝五十選」に選ばれている。現在は金網越しの風景。

小坪港

というのは鎌倉の歴史にくわしい、安田三郎氏のお説であるが、なるほど古文化保存の声の高まっている現在ならそうしたかもしれないのに、惜しいことをしたものである。

この日は曇っていたせいか、海の色は淡かった。が、かすかながら春はそこに生れている。目の下に見えかくれする和賀江島――ここにさらに豊かな光の波がくだける日も、もう近いのではあるまいか。

山の手を廻りきると、急に新しい住宅地に出る。そこを突切って山裾を廻りながら右へ右へと出てゆくと小坪である。昔ながらの漁業に生きる小さな町――湘南には多かった漁師町の一つだが、これも今では珍しい存在になりつつあるのだという。いま純粋に漁業で生きようとしているのは、ここや大磯を含めても数少なくなってしまったとか。

突堤で仕切られた小さな港には舟がずらりと打ちあげられ、赤や緑、褐色などの網が干してある。そしてこれに重なりあうようにして、さして広くない山裾に赤や青の屋根屋根が――。たくましい生活の匂いを感じさせる風景だ。

波打際に近づいて驚いたのは、思いがけない水の透明さだった。このへんの海は濁っているとばかり思っていたのに、底の砂や石が手にとるようにはっきり見える。

磯の香も強烈である。生きた魚のなまぐささが混っている。山の上から見た穏やかな海とはもう一つ違った鎌倉の海の素顔がそこにはあった。

海ぞいの道

私が歩いた道
材木座〜
和賀江島〜
正覚寺〜
住吉城址〜
逗子マリーナ

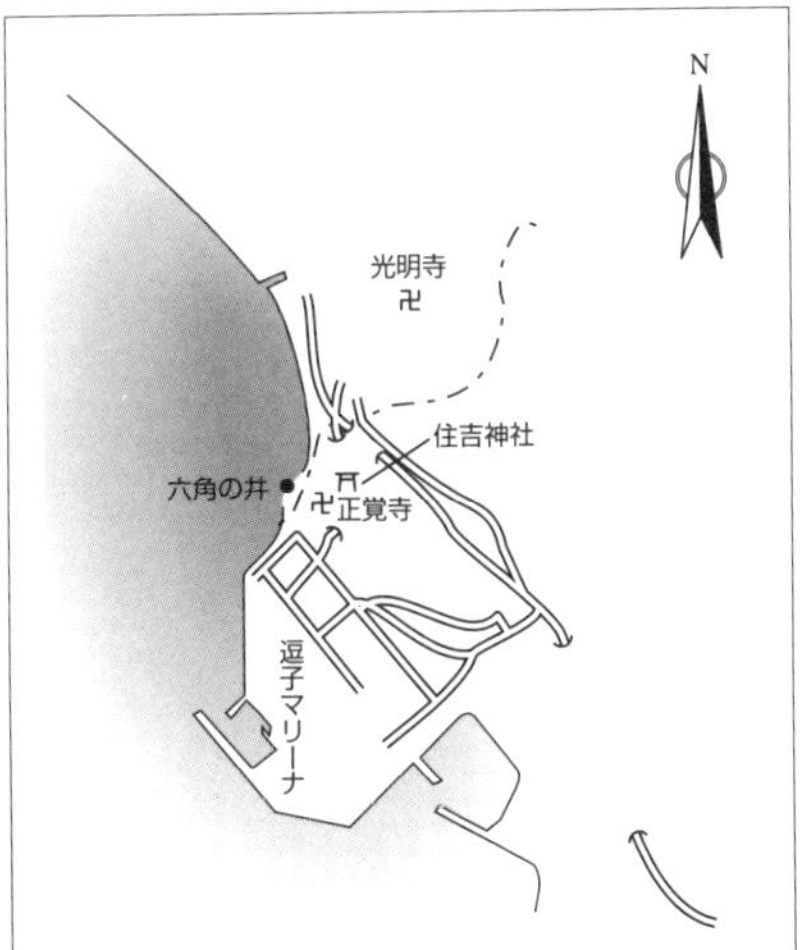

冬になると鎌倉は「海」をとりもどす。夏の間は人に押しつぶされていた海が、やっと手足をのびのびとのばして、自分の歌をうたいはじめるのだ。

が、その歌声はさして高くはない。冬の陽をあびて、半ばうつらうつらとしながらつぶやきをくりかえすような——私はそんな鎌倉の海のお人良しなところが、たまらなく好きだ。

だから夏の間はあまり海には近づかない。私が好んで歩くのは、秋から冬にかけての昼下りである。

たいてい坂ノ下あたりで海岸に出て、由比ヶ浜あたりをぶらつく、気がむけば材木座まで。ときにはあまり歩かないで、海辺の喫茶店で茶を飲みながら、ガラス越しに海を眺めるだけで帰ってきてしまうこともある。

日によって、海はさまざまな表情を見せてくれる。冬晴れの日の翡翠いろに凪いだとろりとしたおだやかさ。これがいちばん鎌倉らしい海の表情ではないだろうか。こんな日は海に浮かぶ白い水鳥――たぶんかもめだと思うのだが、その羽根の白さがじつにあざやかだ。が、私は風の強い日の海も好きである。冴えた群青色に空が澄んでいるとき、その青さより幾分暗い色をした海は、緊迫感のある波を盛り上がらせる。その時の波は、うねるとか寄せるという感じではなく、海の底から盛り上ってくるように見える。と、風が横っ飛びに白い波頭の上をかすめてゆく。歩くのには少し寒いが、気分はきわめて爽快になる。

また、曇りや雨の日のふきげんな海も悪くはない。海の独りごとの声がいくらか高くなるが、鈍い鉛色も西洋の風景画のようでなかなか味があるではないか。

しかも、こんな日には晴れた日にあれほど白く美しく見えた水鳥が、薄茶色の汚ならしい色に見えるのはどうしたわけだろう。カメレオンでもあるまいし、羽根の色が変わるわけでもないのに、眼の働らきというのは妙なものである。

その思いを強くしたのは、冬の雨のそぼ降る日、和賀江島あたりにいったときだった。崩れた石積《いしづみ》にへばりつくようにした小さな鳥たちの羽根の白さが、かえって、石を汚して

和賀江島

いるようなふうにさえみえた。

和賀江島というのは、鎌倉の海の中では破調といってもいい存在だ。一つだけ人工的なものが自然の海の中へ突出ていて、しかも、その姿は崩れに崩れて、今は残骸をのこすばかりなのだから。

これが造られたのは貞永元年というから、十三世紀の半ば近く、北条氏の力が最も充実し、さらに上昇をめざしていた泰時《やすとき》の時代である。今に残る「材木座」の地名が示すとおり、当時、この辺は鎌倉の経済の中心地で、かなり多くの船がやって来たらしい。

こんな遠浅の海に?とあるいは疑問をお持ちの方もおありだろう。もちろん、当時の海は今よりは深かったろうが（鎌倉あたりの土地はその後少しずつ隆起を続けているらしいから）、たしかに、港としては良港とはいえなかった。

そこで勧進聖《かんじんひじり》、往阿弥陀仏《おうあみだぶつ》という僧が、

「舟船ノ着岸ノ煩ヲ無カラシメン為ニ」

と防波堤としてこの和賀江島を築きたいと幕府に申し出、執権泰時も大喜びでこれに協力したという。

『吾妻鏡』によれば、着工したのが七月十五日で、完成したのが八月九日というから、想像できないほどのスピード工事だ。すごい人海作戦だったのか、記事自体にウソがあるのか？　ともあれ翌年に書かれた源光行の『海道記』には数百の舟がともづなを解いていたとあるから、港としての機能はかなり強化された、と見てもいいのではないだろうか。

今の和賀江島に昔のおもかげはない。崩れに崩れて基礎工事の一部をあらわしている姿はむしろ無残である。が考えてみると、鎌倉時代の遺物は、この町には極めて少ない。新田義貞の鎌倉攻めと、打続く室町時代の動乱で、そのほとんどが失われてしまったのだ。だから今手軽に見られる「鎌倉時代の鎌倉」は、長谷の大仏と、この和賀江島ぐらいのものではないだろうか。

とすると、このあたりに造られたのりひび＊の幾何学的な線に組み合わされたこの不定形の石の島も、そのまま海に描かれた歴史の造形ということになりそうである。

「和賀江島の碑」のあたりには、いちめん海藻が打ちあげられ、潮の香が鼻をつく。近づいてみると海の水は透明で海藻が水に透けながら、ゆらゆらと頼りない揺れ方をしている。

旧道を上って岬の鼻へ廻ってゆくと、数軒の家が並んでいて、そこに周りを板でかこわれ、困ったお荷物のように放り出されているのが「六角の井」だ。鎌倉十名井のひとつで、むかし八丈島に流された鎮西八郎為朝の射た矢が、はるばる海を渡ってここへ落ちたという、れっきとした（？）伝説の割には、不当な待遇をうけている感じで、井戸じたいも、もうどうにでもなれ、とでもいうように、ふて寝をきめこんでいるかもしれない。

＊現在のりひびの姿は見られない。

この岬の後の切立った山にあるのが住吉城址だ。戦国時代初期、ここは三浦半島を本拠とする三浦道寸の支城の一つだった。伊豆から起って関東を席捲しようとした北条早雲の猛攻をうけ、なかなかよく戦った当時の名城の一つである。

岬の突端を廻ると、逗子マリーナが開けている。が、住吉城を訪れるときは、少なくとも、この光景は消してしまわなければならない。岬のそばまで波が打ちよせ、白いしぶきをあげている荒々しい風景を想像しないと、戦国の、住吉城のありし日の姿をよみがえらせることはできないのだ。

岬を廻ったところに、石段が数十段ある。その上は住吉山正覚寺。*この石段からの海の眺めはすばらしいが、住吉城は、これを登らず、左手の坂道を登ってゆく。このへんまで、もう家はびっしりと建っているが途中で二つに分れた道を右にとると、また階段があって、寂びた小さな神社の境内に出る。

小さな社の脇に、ほのぐらい中に、住吉城址の説明を書いた掲示板がひっそりと立っている。

ひどく静かである。今しがた通ってきた人家の家並みから、急に別の土地に来たような気がする。神社の右手には、ぽっかり岩をくりぬいた洞穴が*口をあけていて、その入口には池と呼ぶには小さすぎる水たまりが、石をくりぬいて、岩肌を伝ってしたたりやまない流れをうけている。

先にちょっと触れたように、ここは戦国初期の関東動乱の本舞台だった。永年七年（一

＊正覚寺の石段脇には、一帯は民有地につき立ち入らないよう注意を促す逗子市教育委員会の看板が設置されている。

＊洞穴は、通り抜けのできるような状況にはない。

住吉神社

一五〇）ここにいた長尾為景が北条早雲と通じて上杉顕定を討ったかと見ると、その数年後には、三浦道寸がここに拠って北条氏と戦った。

この三浦と北条の死闘はすさまじく、日本の攻防戦の中でも最も長く、かつ凄惨なものの一つで、最後は現在の油壺にある三浦の本拠、新井城の落城で終る。三浦氏はこれに先立って、この住吉城に生命をかけて戦ったが、利あらず、遂にこれを棄てて新井城に退くのである。

この洞穴がそのときのものかどうかは知らないが、とにかく中は真暗、そろりそろりと入ってゆくと、足許はぬるりとする。探検御希望の方は懐中電灯を持ってゆかれた方がいい。

かなり長い間歩いてやっと外へ出た。後は鎌倉特有の山道で、そこを通ってもう一度海の見える所へゆこうと思ったが、現在は直接右手に登る道がなくて、結局少し左へ遠まわりをして、中腹の畑の道へ出た。そこで畑の手入れをしていた方に聞いて、新しく家の建ちはじめたあたりを抜け、やっと頂上に出る。そのあたりもすでに住宅が建っている。

風がかなりはげしい。ここでもう一度現代化した風物を消し去ってみると、この住吉城が海の城であることがはっきりわかる。遠くひらけた海をのぞみ、怒濤の咆哮に応《こた》えた、海の勇者、住吉城――。

かつての日、時には海に浮んだ数十の船に、ここから合図を送ったこともあったであろう。また、敵船の動きを逸早く捉えてあげたのろしは、岬から岬へと伝えられて、陸を走るより早く新井城に届いたに違いない。日本は海にかこまれながら、海戦とか水軍の歴史はあまり華やかに伝えられていないが、当時の三浦水軍の実力はかなりのものであった。三浦氏没落と共に、これが北条水軍として再編成されたようである。

が、それらの海の歴史は、いますべて風化し、海の男の象徴だった住吉城も、あたりを埋めたてられ、いよいよ形骸化した記念碑《モニュメント》になりつつある。

帰途は人家の間をぬけて、有料道路*にかけられた陸橋を渡って旧道へ出た。少し鎌倉の方へ戻ったところの右手に階段があり、もとの山の方へ通じているらしいので、そこを登ってゆくと、別のトンネルに行き当った。ここはやや上りになっていて距離も短く、入口に立てばもう向う側に明るい緑がのぞいている。風が吹きぬけるせいか、中の道も乾いている。トンネルをぬけると、道は下り坂で、左右はすでに住宅地である。まもなく分れ道に出た。はじめぶつかった例の道である。私たちは、そこを右手にまがり、大きく裏山を廻って左手の道へ出てきたことになる。なかなか変化のある、たのしいコースだった。

*現在は無料になっている。

名越切通し

私が歩いた道
小坪〜
まんだら堂やぐら〜
名越切通し

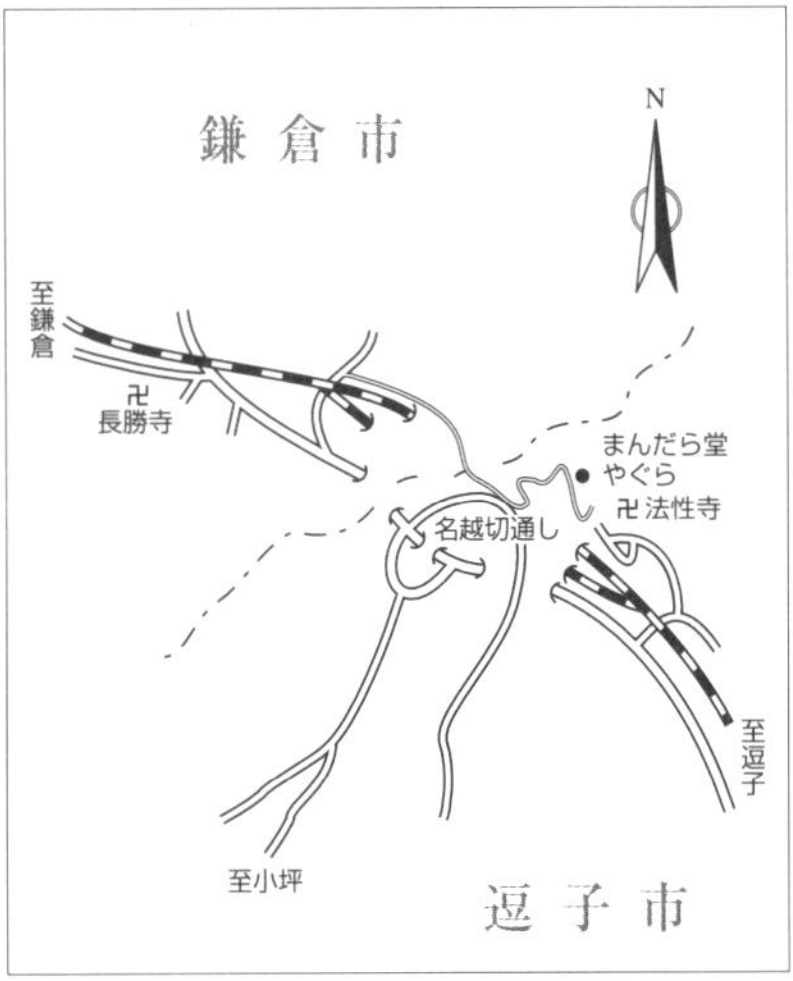

名越《なごえ》の切通しと呼ばれている鎌倉古道がある。ここを歩くのは冬にかぎる。理由は——。いや、これは、歩けばただちにわかることだ。

私は鎌倉からではなく、小坪側から帰って来るコースをとった。新しく開かれた住宅地は、名越の山を埋めるように、かなりの高さまで続いている。その頂上近くまで登って行くと、ふいに道の表情が変る。それまでの舗装の道は消えて、細く山肌を這う自然の小径になるのだ。

そこから鎌倉の方へ歩き始める。最初は、どこにでもある山道である。常緑樹と落葉樹

名越切通し

が両側から枝をさしのべていたりする。

と、まもなく、その道の両側から、ぐっと岩がつき出てくる——というより、道じたいが、その岩を削って続いているといったほうがいいかもしれない。思いがけないきびしい表情の岩の間を通りぬけると、まもなく左側の視界が開けて、明るい陽だまりに出た。が、足許を見ると、かなりの巨石が頭をつき出していたりする。このあたりの、意表をつくような道の変化はなかなかおもしろい。

この先を左手に折れて、木立ちの中の道を下ってゆくと、道端に名越の切通しの由来を説明した立札がたてられてある。

このあたりは、「まんだら堂やぐら」*のちょうど裏手にあたる。さきに法性寺の山を上ってお猿畑へ出たことがあったが、その道をさらに登ると、この「まんだら堂やぐら」に出る。今ここには日蓮宗の行者が住んでいて、訪ねると、世界の危機を熱っぽく語る。じつは『鎌倉の魅力』という本を書くときに、ここを訪ねて、やぐらを見せてもらったことがある。中はかなり広く、手入れがゆき届いていて、四季折々の花が、おびただしい小石塔群をなぐさめているという感じであった。このとき、帰りに、この道に出て、周辺を少し歩いたことがある。

道はかなり低くなった。左側はさすがに傾斜が続いているが、両側からすっぽり丈高い樹々に蔽われて、静寂そのもの。道の端のけやきは、すっかり葉を落して、繊細な小枝を、まるで、レース編のように空いっぱいにひろげている。

＊まんだら堂の周辺は、現在、立入禁止。名越の切通しへは、横須賀線名越坂踏切の脇道を逗子方面へ線路沿いに進むと、やがて道標がある。

気がついたら樹々の向うに、にょきりと白く太い煙突が一本――。これこそ名越の火葬場の煙突だった。結局この道は、火葬場を見下しながら、そのまわりをぐるりと廻っているのである。しかし、周辺の自然が豊かなせいか、無気味な感じは全くしない。

しばらく歩いてゆくと、羊歯《しだ》の群落にぶつかった。ものがすべて枯れてしまった今では、その濃い緑が、ひどく新鮮だ。あまり眼立たないけれども、心を休ませてくれるこの緑は、私の好きなものの一つである。

今こそ人一人通らないこの名越の切通しだが、鎌倉幕府の初期には、ここは最も大切な道だったはずだ。この切通しをぬけて南にゆくと三浦半島――すなわち、三浦氏の本拠に出る。当時の三浦氏は北条氏と肩を並べる存在で、しかもなかなか権謀にたけ、油断のならない集団であった。

彼らの強味は、鎌倉幕府の地続きを占めている、ということである。いったん事が起れば、この名越の切通しを通って、全勢力をあげて直ちに鎌倉へなだれこめるはずである。これに比べてこのころ、まだ山の内の荘（北鎌倉）を手に入れていなかった北条氏は、伊豆の本拠から出陣してくるわけだから、どうしても機動性ではおくれをとってしまう。

そこで北条氏は名越に館を設けて、三浦の動静を監視する。両者の睨みあいはかなり続き、鎌倉中期に遂に武力衝突し、三浦氏滅亡によって、やっと北条のヘゲモニーは確立するわけだが、それまでこの道の持っていた政治的な意味は実に大きかったはずだ。

もちろんその当時は、これより歩きやすかったと思うが、歩きながら、ふと、『平家物

語』の鵯越《ひよどりごえ》の所で、三浦氏がその急傾斜を見て、

「何のこれきし、このくらいは三浦の馬場よ」

といった個所を思いだした。そう豪語する三浦氏であってみれば、多少の急傾斜は、ものの数ではなかったろうし、また、この切通しを駆けおりて鎌倉突入を計る日に備えての練習は怠らなかったかもしれない。


じつは、そんな事を考えたのは、ここからの下り道がかなり急だったからだ。おまけに石がごろごろして歩きにくいことおびただしい。が、それでも思いのほか苦にならなかったのは、その急傾斜を埋めつくした木の葉のためである。黄、紅、褐色……。まさに溢れんばかりの落葉の流れであった。やはりここは冬の道——と思ったのはその落葉の流れを踏みわけたときである。だいぶ下ったところで眼の下に横須賀線の線路が現われ、見なれた車体があっというまに山の中に吸われていった。

修験者の滝

称名寺の滝

木もれ陽の降る日に

私が歩いた道
北鎌倉駅〜
東慶寺〜
浄智寺〜
葛原岡神社

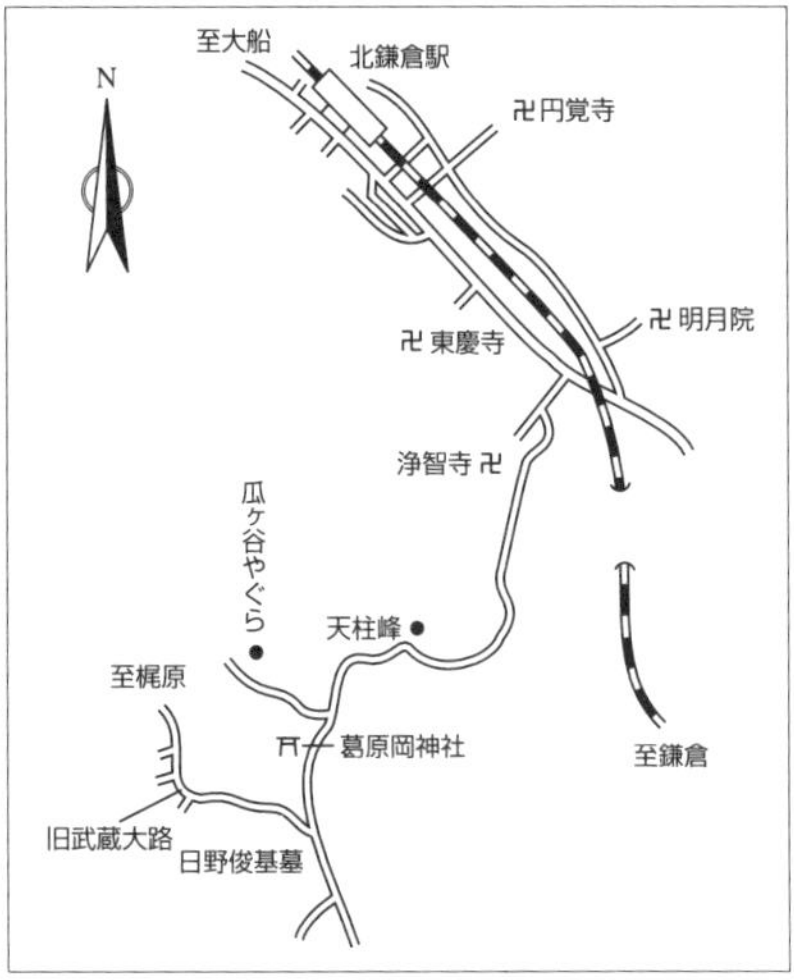

尾根歩きの楽しさを教えてくれる手頃なコースが北鎌倉から葛原岡《くずはらがおか》にぬける道にある。北鎌倉で電車を降りると左側が円覚寺だ。ほの暗い緑の中をさまようのもいい。高低さまざまの敷地に池あり堂あり、さすが鎌倉の風格である。一巡して線路を渡り、そのまま鎌倉の方へ向って歩きはじめると、やがて右手にあるのが縁切寺として有名な東慶寺だ。鎌倉時代に開かれた尼寺だが、江戸時代には不幸な結婚をして悩んでいる妻が、この寺に駈け込むと離婚を取計ってくれた。このため駈込寺、駈入寺と呼ばれたが、女の側から離婚の申し立ての許されなかったこの時代、この寺の特別の寺法が随分不幸な女たちを救っ

てくれた。

今は男僧住持となったが、御住職、＊井上禅定師の手で斟入関係の研究が進められ、江戸期の庶民の実態が明らかにされた。

この寺の春先の梅はすばらしい。種類も多いが、その枝ぶりがみごとなのである。ほかの木と違って梅の美しさには幹の姿や枝の曲線も入れて考えねばならないのだということ――尾形光琳の梅の絵があんなにすばらしいのは、やはり図案化された幹の構図にあるのではないか。いわば光琳の秘密を、私はこの寺ではじめて知らされたように思った。

梅を追いかけて咲く白木蓮、牡丹、あじさい、と、この寺の花はいつも美しい。

＊現在の住職は井上正道師。

東慶寺の隣といってもいいくらいな近さにある浄智寺は鎌倉五山の一つ。昔の格式を忘れさせるほど、今はささやかなたたずまいだ。しかし、そのかわりに、ここには時の刻んだ静かさがある。

門前の小さな池のほとりに立って見上げる鎌倉石の階段は傾きかけているし、木立の沈黙は深い。

私はこの寺にわざと入らず、門前の左手に曲っている道越しに、寺の庭を見るのが好きだ。若葉のときは若葉なりに、秋の紅葉は紅葉なりに、樹々のひっそりとした息づかいが、むしろ境内にあるときよりもまとまった形で印象づけられるような気がするからだ。そしてこの道こそ、私の散歩道の起点なのである。

冬晴れのその日、浄智寺は、いつの季節よりも閑寂だった。葉を落してしまった裸木は、陽をうけて、梢を淡い紫色に煙らせている。両側を住宅にはさまれた狭い道を少しゆくと、ゆるやかな階段が少し続く、それを上りきると家が尽き、いよいよ本格的なハイキングコースにかかるのだ。

このあたりに実はちょっとした四つ角がある。

その小さい四つ角に来たら、右へ——いちばん道らしくなっている方へ曲ればいい。*

短いコースだけに歩く人も多いとみえて、踏み固められた土の感触が靴に快い。

暖かそうな日だまりを左手に眺めながら歩く尾根の道は、数分前まで連っていた住宅街とは全く別の世界である。

今度歩いてみて感じたことは、冬には冬の道のよさのあるということであった。緑の季節にはさほど気づかずに通り過ぎていた草木のそれぞれの表情が、思いがけないくらいにくっきりとあらわれていたのだ。

たとえば、ある一部では樹々が枝をさしのべて小暗いトンネルを作っていた。その暗さの中で、山椿だろうか、しっかりした体つきで実直に突立っている木の、黒みを帯びた緑の葉の艶が美しかった。よく見ると、根本には実生《みしょう》らしい稚い若木が、せいいっぱい葉をさしのべている。まわりに散らした落葉を栄養にして、次の世代はこうしてひっそりと育ってゆくのだ。そのけなげさを思うと、黙ってひきぬいていく気にはとうていなれない。

*現在は道路が整備されているので、道なりに進める。

大きな生命の流転の相をまざまざと見る思いがするからだ。

かと思うと太陽をあびた萱原《かや》の明るい枯草色のつらなりは、何やら動物の背中を想像させた。かすかに風がわたると竹の葉が大げさにゆれてみせる。冬枯れの中では、竹の緑は思いがけないほど生き生きとして鮮かである。道の一部にはこんもりとした松木立もあって、

――おや松の幹って、こんなにきれいなものだったかしら。

と驚かされた。

途中に標識がでてくる。*矢印に「北鎌倉駅何キロ」とか書いてあるから、その方向でない方へゆけば葛原岡である。目の下の谷に屋根などが見えてきて、何やら人なつかしい気配が漂ってきたらもうハイキングは終りに近い。木の間がくれに見えてくる

*現在、標識はないが、道なりに行けば葛原岡に出る。

浄智寺

鳥居が日野俊基を祭る葛原岡神社である。

戦後は「建武中興」の蔭が薄くなって、参拝する人も少ないこのごろだが、戦時中の彼は鎌倉幕府打倒をめざした「大忠臣」であった。

「落花の雪に踏迷う交野《かたの》の春の桜狩り…」

『太平記』のこの一節は学校時代、暗誦させられたものだが、これこそ彼が捕えられて鎌倉に送られてくる途中の「道行《みちゆき》」の文章であったのである。暗誦のおかげか、私はどうもこの文章は好きになれない。「太平記読み」という職業があったことでもわかるように、多くの人が耳で聞くものであった以上、ああした口調のよさは、しかたがないものかもしれないが、俊基たちの悲劇には、いささかふさわしくない道行である。それよりも『太平記』独自の凄惨にして苛烈な美学の世界は別の所にあるような気がするのだが……

鎌倉のアルプス

私が歩いた道
建長寺方丈庭園～半僧坊～十王岩～六国峠～瑞泉寺

天園ハイキングコースは鎌倉の自然をたずねるには絶好の道だ。春は春なりに若葉の息吹きが、秋はまた秋で、踏みしめる落葉の音が、自然というものの美しさやなつかしさを、心ゆくまで味わわせてくれる。道もそう険しくないし、雪でも降らないかぎり、冬になっても歩けない道ではない。

その道を『かまくら春秋』の読者や編集部の方々と歩いた日のことを書かせていただく。私にとっても思い出の多い「鎌倉の休日」だったからである。

青い空気を体いっぱいに浸みこませた初夏の一日だった。

集合十時、八名のお仲間たちと、建長寺の裏側から上りはじめる。

この建長寺は、円覚寺と並ぶ鎌倉屈指の寺、江戸時代の建物ながら仏殿《ぶつでん》・法堂《はっとう》が禅寺の様式を守って並んでいる。ここの春の桜はなかなかの見ものだが、それより感嘆するのは、二列の柏槙《びゃくしん》の古木だ。昔からここに植えられていたもので、鎌倉禅文化の象徴でもある。

ハイキングコースは、この建長寺の方丈庭園の裏から、半僧坊へまず登る。

半僧坊というのは、建長寺の鎮守で、天狗さまのような半僧坊がまつられているところ。ここへ行く道も桜並木が美しいが、樹々のたたずまいにも深々とした山気が感じられる。登るに従って緑の密度が濃くなってゆく。さすがにここまでは自動車の排気ガスも上ってこないとみえて、一枚一枚の木の葉までが、じつにつややかだ。

半僧坊からさらに奥の院へ、植木の専門家の友野さんが加わっておられたので「これは?」「あれは?」としつこいくらいにたずねて、私たちは即席の植物学者になりおおせた。

「木を見るのは冬にかぎる。冬には木が眠っているからね」

などというのは、この道ひとすじに生きてこられた方の巧まざる名言である。このへんで即座に仕入れた植物学のウンチクのほどをご披露してもいいのだが、これはちょっと見合わせることにした。自信がないわけではないのだが、うっかり、

「これは鎌倉でしかみられない××だ」

などと書くと、あっというまに持ちさられてしまうから、やめとこう、ということに仲

十王岩

間の意見が一致したのだ。私のように植物のことを知らない者のためには、名札でも立ててあればありがたいのだが、しかし、そんなことをしたら、それを見て根こそぎ持っていってしまわれるかもしれない。やはり植物の本を片手に歩いて自分で覚えるよりほかはないのであろう。

奥の院のあたりから、やや上りが急な所も出てくるが、それを越せば、またなだらかな山道である。小鳥の声が聞えれば、年長の紳士である岡田さんが鎌倉に引越された晩に、ほととぎすを聞いた話をしてくださるといった具合で、小鳥をしのぐほど、私たちのさえずりも尽きない。

憂鬱な冥想者といった趣で立ちつくす杉の群の下に、名も知らぬ雑草が黄色い花をつけていたりする。わが家の庭でも見かける雑草なのだが、こうした自然の中でみつめ直すと、こんなにかれんで美しかったのか、と眼をこすりたくなる。

やがて明るい尾根に出た。道の左手に更に高い所があり、むき出しになった岩肌に仏が三体——これが有名な十王岩だ。凝灰岩の仏体はすでに風雪に溶けて、仏像の骸といった有様だが、明るい日ざしのせいか、それほど凄愴にも感じられない。

いま、私たちは、どうやら鎌倉の中心を背後から眺めおろす位置にいるようである。はるか眼の下に、まっすぐのびる若宮大路と、その先にまばゆく光る海がみえる。

おお、鎌倉よ！

とその町を両の手で抱きかかえられるような感じである。岩の近くには展望台があるが、残念ながら付近はゴミだらけ。そういえばコースの中で親切に屑篭がおいてある所にかぎって、紙くずが散乱しているのは皮肉である。

「一人一人が自分の食べがらを持って帰ればこんなことにはならないのに」

と皆さん慨歎することしきり。

しばらく行くとにぎやかな人声がきこえてきた。

六国峠——すなわち天園だ。急な裸山を登りつめてから、やや下った所にある茶屋でひと休みして、記念の寄せ書を書いたりする。ほとんど初対面ばかりのお仲間だが、ここまで歩くうちにすっかりうちとけてしまった。

そこから私たちはまた小暗い林の中の道や明るい尾根を歩いた。途中で手をとりあって越えた大きな急斜面のスリリングな場面もあったが、しばらくすると松の木が根本から倒れて道をふさいでいる所があった。

「これはこれは」

とその下をくぐりぬけたが、気がついてみたら、あたり一帯の木が枯れている。そういえば、数年前に山火事があった。その名残りではないか。ちょっとした不始末がこんなにも自然をいためつけるのか、と恐ろしくなる。

しばらく行くと、突然足の下に新しい宅造地がのぞきはじめる。豊かな緑に馴れてしまった目には、ざっくり切りとられて赤土をさらしている山肌がひどく痛々しい。数年前だったら、ここまで開発されたと喜んだのかも知れないが、一行の方々の口から洩れたのは、

「惜しいことねえ」

という歎声だった。この事は、このコースを歩いたほかの方にもよく伺うことだが。

まもなく緑の色にまじって、人なつかしい気配が感じられてきたと思ったら瑞泉寺——

時計はすでに二時を廻っていた。

六つの国を見おろして

私が歩いた道
北鎌倉駅〜小坂小学校〜六国見山

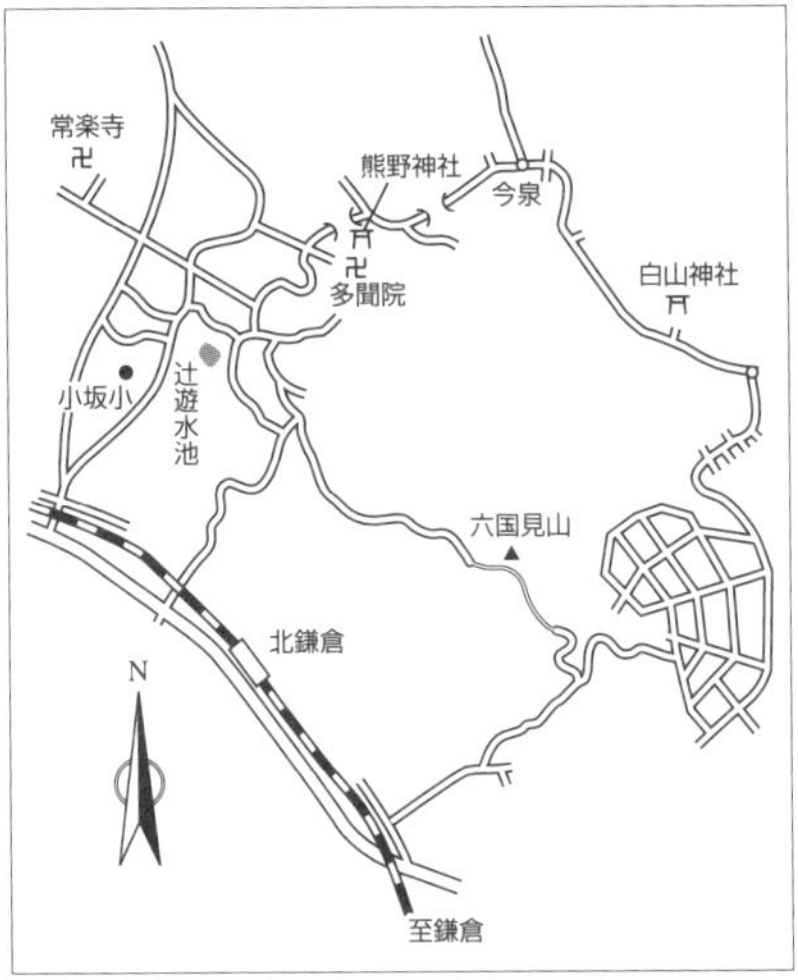

六つの国の見えるという名は誰がつけたのだろうか。ともあれ、天園コースのもうひとまわり外をとりまくこの尾根は、鎌倉の一番外側をかこう山なみであり、おそらく最も高いのではないかと思う。

小坂小学校の脇の道は、これまでも何度か通っている。学校のそばをぬけて今泉の方へ歩いていくと、多聞院のそばに新しい住宅地が開けていた。このあたりに六国見山峠へ行く標識があり、道は次第に上り坂になっている。

坂を上っていくと、すばらしい切通しが出てきた。円覚寺の裏山を歩いたときに見たところである。二人で肩を並べてやっと通りぬけられるほどの切通しの中は全く別世界だ。岩の上から切通しを藪のように枝をのばす樹々の青葉が陽に透けて美しい。岩の表情がやや整いすぎている感じではあるが、鎌倉の切通しの中で、最も美しい情趣にみちた一つではないだろうか。切通しを出ると、道は段々畑に沿って、次第に谷戸の奥へと私を導いてくれる。谷あいの細い畑を、時折野の鳥がかすめてゆく。すぐ行きどまりかと思ったが意外にふところは広く、畑はさらに奥までひろがっている。ここまでくると、さすがに静かである。なだらかな傾斜をもった畑地と、それをかこむ低い丘陵——。*ごく平凡な、何気ない風景だが、私にとっては何か心安まる眺めである。

というのは、関東の平野の真中に育っているので、田畑とか、雑木林のゆるやかな傾斜をもった風景を見慣れているからだ。この辺にくると、同じ鎌倉といっても、海沿いのあたりとは、やや表情が変ってくる。

しばらくゆくと、朽ちた標識が路の肩にあった。「右天園、左六国見山峠」*と、わずかに読める。ここで左へ道をとって、登りはじめた。

両側は急に小暗い林になって、道はかなり急だが、登りにくいというほどではない。きれいに植林された細い檜が一群、二群。

その林のそばをぬけて、さらに登ると、まもなく密生した笹藪になった。道はやっと人がひとり通れるくらいしかない。

＊現在、その一帯の風景は、著しい変貌を遂げてしまった。

＊現在は「六国見山入口」の標識が立っている。

六国見山山頂より

ざわっざわっと、笹をかきわけるようにして斜面を斜めに登ってゆく。その細い道にも真黄色の笹の葉が一面に散りしいていて、一足ごとに、かさかさと温みのある音をたてる。この黄色い枯葉のおかげだろうか、道もいくらか明るくなった感じである。

「笹の葉はみやまもさやにさやげども……」

と詠んだ人麻呂の顔を思いうかべる。古代万葉人の旅は、こんなふうに、笹を押しわけるようにして旅していったのではないだろうか。

上に登るに従って、次第に頭上が明るくなってきたのは、頂上が近くなったからであろう。もう一息と思って休まずにゆくと、急に笹藪は終って、空が開けた。

眼の前に一段小高い所が、ここだけは草も刈りとられ、眺望台になっている。そこまで行って、思わず「わあっ」と歎声をあげてしまった。鎌倉をとりまく尾根も、海も、人家も一望のもとに見渡される。残念ながらすこし霞んでいて、海の色は鈍かったが、いつも見上げて通る源氏山が、ほんの土まんじゅうのようだし、稲村ヶ崎も、鼻の先をちょんと海の中へつまみ出した感じである。正面の鎌倉山越しに、江の島の鉄塔もはっきり見える。右手には大船の観音も眼の下だし、[*]さらに、空気さえ澄んでいれば、東京湾を隔てて、安房、上総も見えるのではないだろうか。

とすれば相模、伊豆、武蔵に駿河の富士山もみえるから六国見はうそではない。

気がついたら、とんびが眼の下でゆるく輪を描いていた。とんびの背中の模様をこんなふうに見下すことはめったにない。いわゆる鳶色地に黒い模様――羽根をひろげてゆっくり飛んでいると、大柄な模様のマントを翻してスケートでもやっているようで、なかなかスマートだ。

眺望台の上には大きな碑がある。表には「浅間大神」裏には講中の人の名がぎっしり刻んであって、明治二十八年に建てたとある。そのほか、小御獄という割れた石碑もあり、ついこの前までは、ここが民間信仰の小聖地であったことを示している。昔の人々はこの眺望のすばらしさに、一種の「神」を感じたのかもしれない。

帰りは反対側の今泉にむかって降りた。頂上近くにある大きな反射板の脇を通りぬけて降りはじめた時、道の色が全く違っているのに気がついた。今までは乾いた黄色に笹の葉が一面に散々していたのに、今度は褐色の広葉樹の葉――ナラかクヌギか?――に蔽われている。

黄色い道と茶色い道と――峠を境にはっきり色分けされているのもおもしろかった。

*木立が茂り、現在、観音様の姿は確認できない。

眼の下には、新しい今泉小学校の校舎が見えかくれし、子供の声が聞えてくる。小暗い林の中に、大きなしだの葉が、濡れたような深い緑色の群落を作っているところもあって、上りとはちょっと違ったたたずまいである。

やがてさっきと似た感じの畑＊の中の道に出た。春の近いことを思わせるおだやかな陽射しの中の一時間ほどの山歩きだった。

＊現在は住宅地。

修験者の滝

私が歩いた道
北鎌倉駅〜小坂小学校〜多聞院〜白山神社〜散在ヶ池〜今泉不動

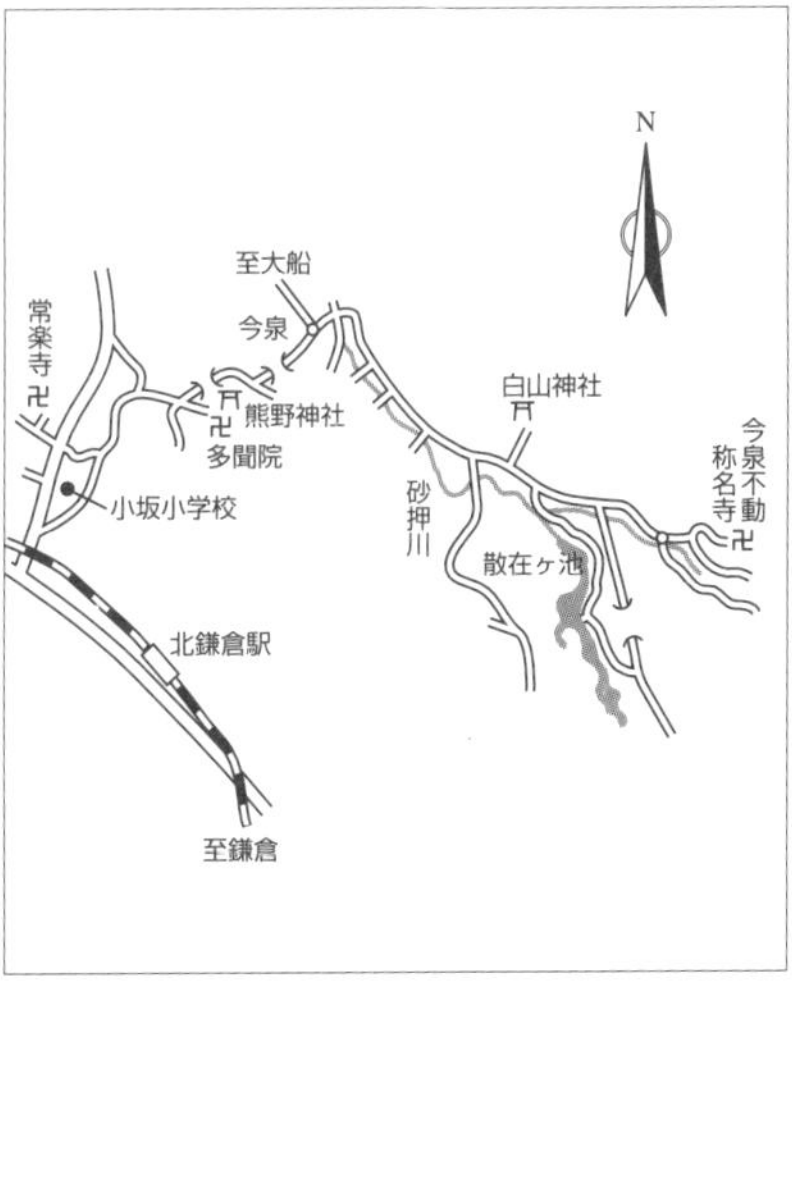

私の眼の底には、あざやかな紅い花の記憶がある。初秋のある日、砂押川のほとりを歩いていたとき、堤のあちこちで風に揺れていたひがん花がそれだ。

それから数年と経っていないのに、この川のほとりには、目立って家がふえた。砂押川も改修されてしまったが、それでも秋になれば、やはりこの堤には、ひがん花が咲くのだろうか。

北鎌倉駅の商店街をぬけ、小坂小学校の脇を通って、砂押川沿いに今泉不動へ行く道は、鎌倉の散歩道としては、やや違った趣を持つ。鎌倉の町の中では、少し歩けば、道はいやでも谷の奥に吸いこまれて行き止まりになってしまうことが多いのだが、この川沿いの道は平坦で、小高い尾根も左右にやや遠のき、それだけに空のひろがりがゆたかである。だから春先のやわらかな光のあふれる午後とか、秋空が冴え冴えとひろがる朝などに、この道を歩くのがいちばん楽しいのではないだろうか。

道が散歩道らしいたたずまいを見せるのは、小坂小学校の脇をぬけて、多聞院の前に出たあたりからである。ととのった庭を持つ静かな寺をちょっとのぞいて道を左にとると鎌倉特有の凝灰岩のトンネルにぶつかる。黒々とした枠にはめこまれたアーチ型の明るい世界――こんな区切られ方をすると、たいていの景色はロマンチックに見えるものだが、たしかにトンネルをくぐると、別世界だ。

杉や松の木立にかこまれた小天地に、わずかばかりの畑と貯水池。車やスピーカーの騒音も、もうここまでは届いてこない。が、今度久しぶりに来てみたら、この別天地にも、大分家が建った。そのかわりに池は半ば干上って、くたびれはてた表情を見せている。前に来た時の印象がよかっただけに、いささかの失望を禁じ得ない。

暫くするとまたトンネルである。こんどは前より長い。しかし、これを出てしまえばもう平凡な住宅街である。

が、やがて砂押川沿いの道に出ると、また道は楽しくなる。左手に大きな石灯籠の見えるのは、白山神社の入口だ。入口の石碑は酔亀亭《すいきてい》天広丸《あめのひろまる》の狂歌を刻んだもの。

くむ酒は是《これ》風流の眼《まなこ》なり、月を見るにも花を見るにも

白山神社入口に並ぶ庚申塔

とある。天広丸はこの地の出身の狂歌師だ。同じく道端にある庚申塔などを見ながら、石段を上ると鄙びた社がひっそりと建っている。丈高い杉の木があって、芝居に出てくる村の社さながらのたたずまいだが、じつは、ここに安置されている毘沙門天像は、鎌倉では最古の彫刻だという。ふだんは、拝観できないが、その道の専門家には、かなりみとめられている作品である。

この毘沙門天は、頼朝が鞍馬寺から請来したという言い伝えがある。というのは、ここが鎌倉の東北《うしとら》の方角にあたり、京都でもちょうど同じ方角の鞍馬寺に王城鎮護を祈るために、毘沙門天が安置されているからである。もっともこの場合の毘沙門天は兜跋《とばつ》毘沙門という形をとるらしい。わかりやすくいえば、左右の手に、宝塔と棒か戟《ほこ》を持ち、地天と二匹の鬼をふまえている像である。白山神社の毘沙門天は部分的に後補の跡があり、形式も変っているがまず鎌倉の守り神と考えていいのではないだろうか。

作風はむしろ稚拙だが、私は一度見て以来、この像に魅かれている。ひどく武骨で、それだけに一種の濃縮された熱気を感じさせられるからだ。仏像というものはふしぎなもので技巧を超えて何かを訴えかけて来る像が時々ある。ずんぐりした、唇の厚い、いかにも東国の農民風のこの毘沙門天はその一つの例である。秘仏になっているが、*九月十八日の祭礼の時だけ公開される。

白山神社からさらに先に進むと右手に大きな舗装された道が現われる。その道がさらに二手に分れていて、下り坂の方には、*鎌倉湖入口とある。さらに少しゆくと、やがて山蔭の小径が見えてきた。

肩にふれんばかりに枝を垂れた樹々の緑は、陽に透けると秋の末でも春のようにやわらかい若緑だ。人工の臭気や塵に汚されない緑というものがどんなに美しいものであるかを無言のうちに、私たちに教えてくれているようでもある。

やがて湖のほとりに出る。湖水に根をひたし、枝をひたす樹々たちの姿は黒々として、時折わたる風がまぶしいばかりの光の波をかきたててゆく。

静かだ。静かすぎるほどに静かである。まわりはもうこれ以上は無理というところまで開発が進んでしまって、湖は、むざんに手足をもがれた感じで残っているが、それにしても、ここにこうして静かな自然がある。

もと来た道へもどってさらに進むと、今泉不動堂——称名寺である。砂利を敷きつめた境内を歩いてゆくと、かすかにせせらぎの音が聞えてくる。それに誘われてゆくと、小さな滝の前に出る。陰陽二つの滝はふだんは決して水量も豊かではないが、たまたま雨あがりに訪れると、陽の滝—男滝は眼を見張るくらい豪快な流れをみせてくれるし、陰の滝・

*現在は九月の第一日曜日に公開されている。

*一帯は現在、散在ケ池森林公園（開園時間は八時半～十七時）となっている。

散在ヶ池

女滝はなかなか優雅である。

昔は僧侶にとっては格好の修業場であったのだろう。滝のほとりの洞窟には風化の激しい不動像が安置されており、そのころの不動信仰をしのばせる。

境内にはもみじが多い。滝壺から流れだした小さな流れをすっぽり包みこむように繁りあったその葉はひどく小さくデリケートだ。

不動堂へは、かなり急な鎌倉石の階段を登らねばならない。苔生した上に、そろそろ風化が始まっていて、ちょっと危げだが、コンクリートでは味わえない感触が足に伝わってくる。登りつめた境内はごく狭く、堂ひとつ、ちんまりと、ややものうげに緑の中にうずくまっていた。

かまくら道　地図

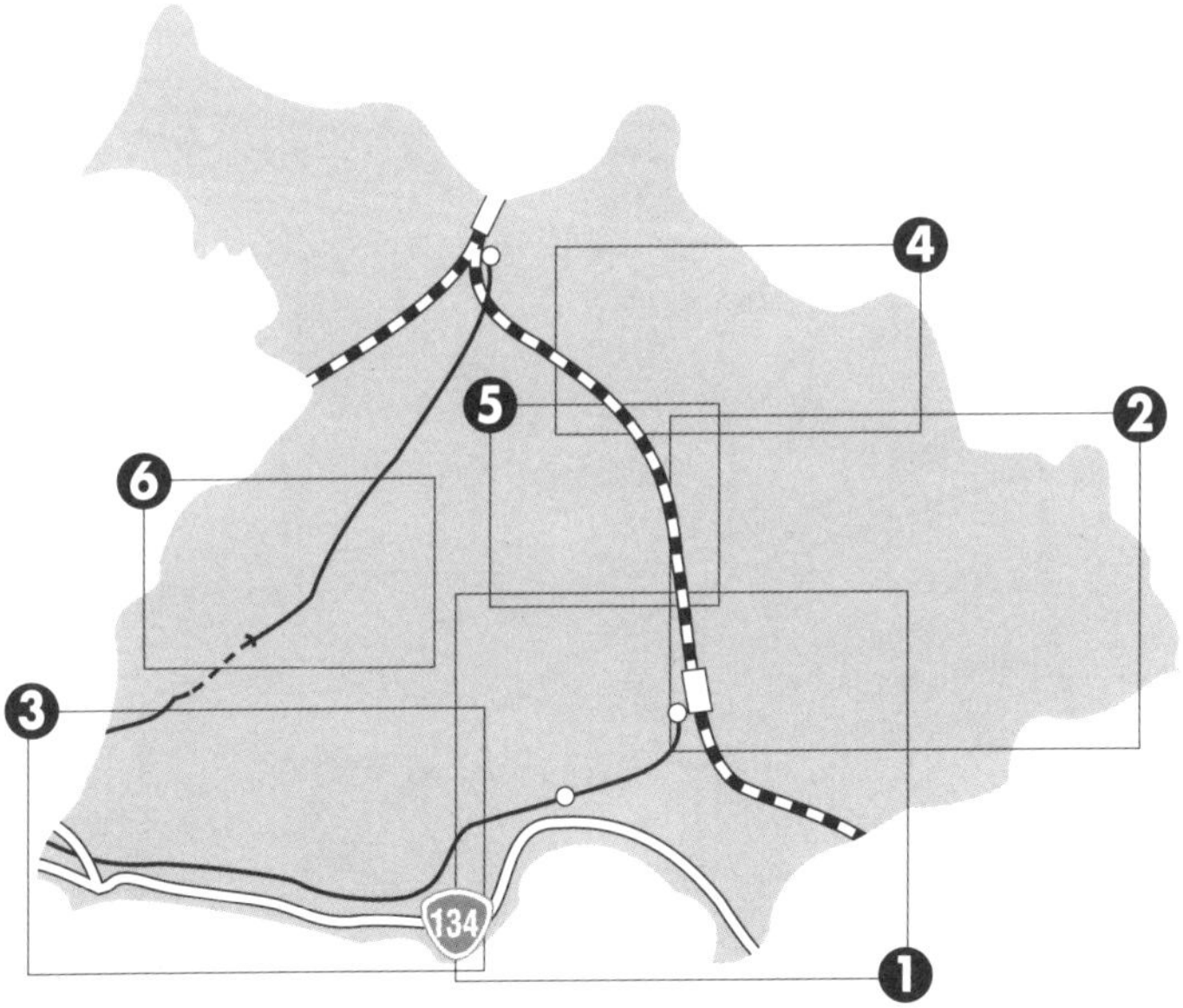

❶ 鎌倉中心部
❷ 鎌倉中心部～金沢街道
❸ 極楽寺～七里ガ浜～腰越
❹ 大船～今泉周辺
❺ 北鎌倉周辺
❻ 梶原周辺

英勝寺
寿福寺
県立近代美術館
鶴岡八幡宮
雪ノ下
横浜国大附属小
頼朝の墓
荏柄天神社
清泉小
鎌倉宮
二階堂
小町通り
若宮大路
小町大路
小町
宝戒寺
岐れ道
文覚屋敷址
大御堂橋
金沢街道
杉本寺
東勝寺橋
勝長寿院址
腹切りやぐら
（東勝寺址）
祇園山ハイキングコース
報国寺
鎌倉駅
大巧寺
日蓮辻説法址
妙本寺
釈迦堂口切通し
唐糸やぐら
北条時政邸址
本覚寺
浄明寺
祇園山
下馬交差点
常栄寺
新羅三郎義光の墓
八雲神社
大宝寺
別願寺
安養院
大町
辻の薬師堂
妙法寺
鎌倉市
安国論寺
妙長寺
長勝寺
来迎寺
まんだら堂やぐら
五所神社
実相寺
法性寺
名越切通し
JR横須賀線
材木座
国道134号
補陀落寺
海岸
小坪
光明寺
逗子市
和賀江島
住吉神社
六角の井
正覚寺

① 鎌倉中心部

大仏坂ハイキングコース
銭洗弁天
佐助稲荷神社
化粧坂
源氏山
源氏山公園
常盤
佐助
御成町
鎌倉市役所
市立御成小
裁許橋
高徳院大仏殿
笹目町
鎌倉文学館
六地蔵
長谷
甘縄神明社
由比ヶ浜通り
光則寺
134
由比ヶ浜駅
和田塚駅
一の鳥居
畠山重保の墓
長谷寺
極楽寺
江ノ島電鉄
長谷駅
御霊神社
由比ガ浜
和田塚
極楽寺
134
極楽寺坂切通し
伝上杉憲方の墓
成就院
由比ヶ浜
坂ノ下
滑川
材木座
鎌倉市営プール
相模湾

六国峠
天台山
貝吹地蔵
十二所
鎌倉霊園
番場ヶ谷
瑞泉寺
朝比奈切通し
梶原太刀洗水
十二所神社
滑川
光触寺
明王院
浄明寺

② 鎌倉中心部～金沢街道

今泉台
勝上嶽
十王岩
半僧坊
鎌倉アルプス・天園ハイキングコース
明月院
山ノ内
覚園寺
建長寺
鎌倉街道
西御門
二階堂
円応寺
来迎寺
雪ノ下
永福寺址
県立近代美術館別館
大江広元の墓
鎌倉宮
泉の井
頼朝の墓
荏柄天神社
浄光明寺
鶴岡八幡宮
護良親王墓
清泉小
県立近代美術館
横浜国大附属小
杉本寺
浄妙寺
金沢街道
宝戒寺
文覚屋敷址
大御堂橋
小町
小町通り
若宮大路
小町大路
東勝寺橋
勝長寿院址
腹切りやぐら（東勝寺址）
祇園山ハイキングコース
報国寺
鎌倉駅
日蓮辻説法址
大巧寺
釈迦堂口切通し
唐糸やぐら
妙本寺
北条時政邸址
本覚寺

鎌倉山
鎌倉市
棟方板画美術館
極楽寺
市立七里ガ浜小
月影地蔵
七里ガ浜東
極楽寺
極楽寺駅
伝上杉憲方の墓
七里ヶ浜駅
稲村ガ崎
県立七里ガ浜高校
稲村ヶ崎駅
十一人塚
134
コッホ博士記念碑
稲村ヶ崎

③ 極楽寺～七里ガ浜～腰越

西鎌倉
藤沢市
湘南モノレール
西鎌倉駅
片瀬山駅
湘南白百合学園
津西
腰越・津
湘南江ノ島駅
目白山駅
市立腰越中
市立腰越小
龍口寺
法源寺
腰越
江ノ島駅
本行寺
東漸寺
腰越駅
七里ガ浜
満福寺
県立鎌倉高校
鎌倉高校前駅
江ノ島電鉄
小動神社
国道134号
小動岬
七里ヶ浜海岸

④ 大船
〜今泉周辺
白山神社
今泉寺
今泉
称名寺
今泉不動
今泉台
散在ヶ池
森林公園

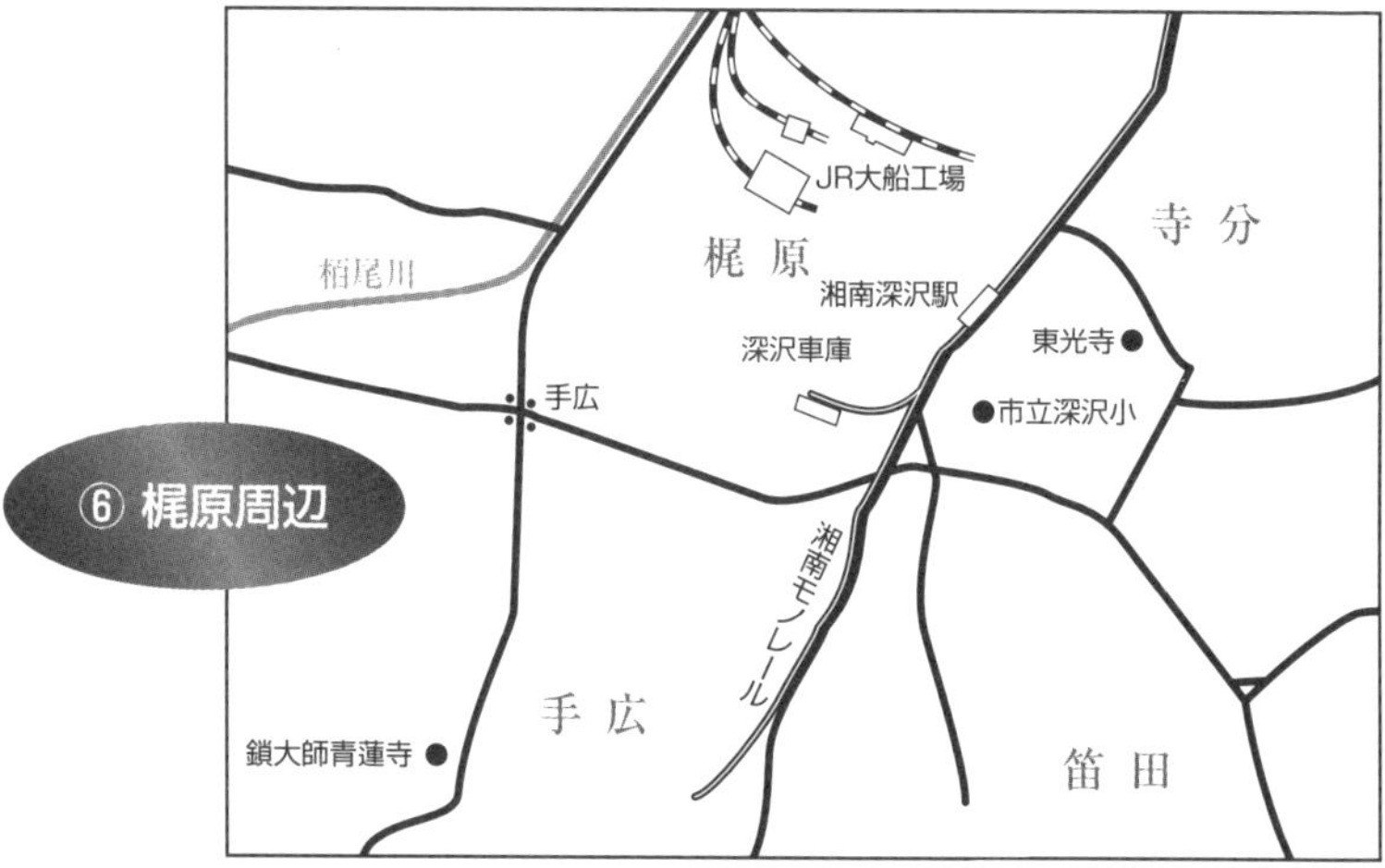
⑥ 梶原周辺
JR大船工場
寺分
梶原
栢尾川
湘南深沢駅
東光寺
深沢車庫
手広
市立深沢小
湘南モノレール
手広
鎖大師青蓮寺
笛田

⑤ 北鎌倉周辺

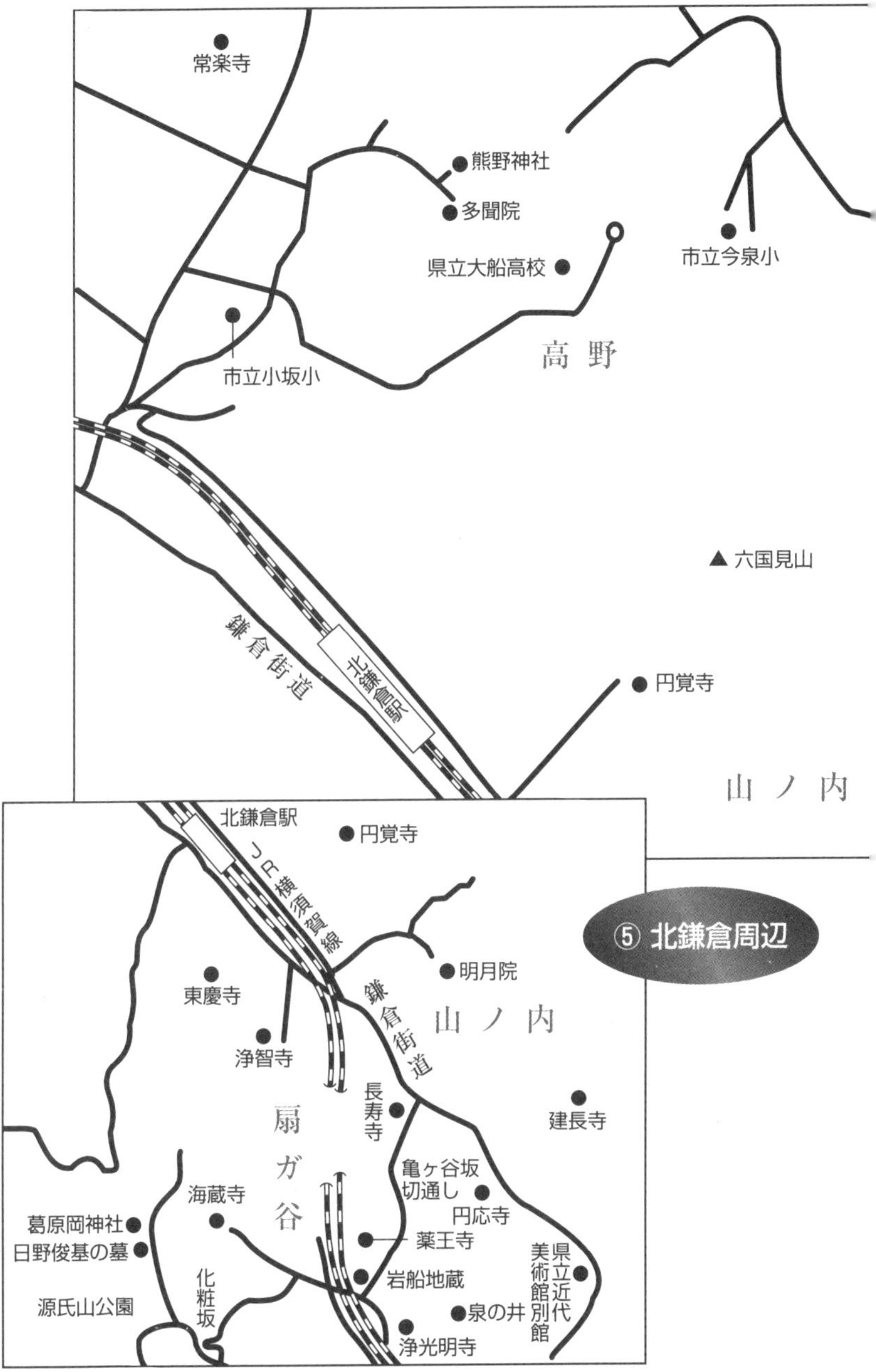
常楽寺
熊野神社
多聞院
県立大船高校
市立今泉小
市立小坂小
高野
六国見山
鎌倉街道
北鎌倉駅
円覚寺
山ノ内
北鎌倉駅
円覚寺
JR横須賀線
明月院
東慶寺
鎌倉街道
山ノ内
浄智寺
長寿寺
建長寺
扇ガ谷
亀ヶ谷坂切通し
円応寺
海蔵寺
葛原岡神社
日野俊基の墓
薬王寺
県立近代美術館別館
岩船地蔵
化粧坂
源氏山公園
泉の井
浄光明寺

旧版あとがき

鎌倉のタウン誌『かまくら春秋』に四年間連載させていただいた鎌倉あるきをまとめました。連載中から目をとめて下さっている方も多く、「三十年住んでいても知らないような道を、よくご存知ですね。あれを見て、昨日はじめて歩いてみました」などと言って下さったこともありますが、これはひとえに『かまくら春秋』編集長・伊藤玄二郎氏と、ほとんどいつも同行して下さった高柳英磨氏のおかげです。鎌倉に生れ、鎌倉に育ったお二人は、他の方々の知らない町の隅々まで私を案内して下さいました。その四年の間に、私は、この町のさまざまの素顔を知ったように思います。平凡なことですが、そこで教えられたのは、やはり、

「この町の魅力は、歩いてみなければわからない」

ということでした。緑の尾根、町なかの小径、海辺、そして鎌倉特有の切通し――。絶対に車の通らないところに、この町の本当の姿があるのです。その意味で、鎌倉を愛される多くの方々に、より深く、町の手ざわり、息づかい、とでもいうべきものを知っていた

だくために、この小冊子がお役に立てば、これ以上の喜びはありません。

この町の歴史について語ればきりはないのですが、すでにこれについては別に書いても いますので、歴史に深入りすることは避けて、歩く楽しさを主としました。なお、最近景観の変わったところもありますので本にするに当って、もう一度歩き直し、湯川晃敏氏ほかの方々をわずらわせて写真も入れかえていただくことになりました。その際再三同行して下さった上に、上梓に当って大変お世話になった、かまくら春秋社の浜崎真由美さんに厚く御礼申し上げます。

永井路子

永井路子

1925年、東京に生まれ、茨城県古河市に育つ。1962年より鎌倉在住。東京女子大学国語専攻部卒。小学館編集部を経て、作家活動に入る。歴史小説『炎環』で52回直木賞、『氷輪』で女流文学賞、『雲と風と』で吉川英治文学賞、84年には菊池寛賞を受賞。他に『北条政子』『乱紋』『歴史をさわがせた女たち』『山霧』など著書多数。

私のかまくら道　改訂版

著　者　永井路子

発行者　伊藤玄二郎

発行所　㈱かまくら春秋社
鎌倉市小町二―一四―七
電話〇四六七（二五）二八六四

印刷所　㈱和晃

平成十三年四月八日発行

ISBN4-7740-0164-3 C0095